투에고 ✳

상처받은 자아와
치유하는 자아의 이중주.

혼자 있을 때 떠오른 수많은 영감과 생각을
글로 풀어내는 것을 좋아한다.

지은 책으로는
《무지, 나는 나일 때 가장 편해》,
《나는 어른이 되어서도 가끔 울었다》,
《삶에 사람에 무뎌진다는 것》,
《익숙해질 때》가 있다.

- Instagram @two_ego
- Facebook @twoego77

그때의
나에게

해주고 싶은
이야기

그때의
나에게
—
해주고 싶은
이야기

내 마음을 몰랐던
나를 위한 마음 사전

투에고 지음

한국경제신문

단어는 위로다

———

나이가 들수록 생각을 말로 표현하기가 참 힘들다는 것을 새삼스레 느낀다. 슬픔에 젖은 친구에게 건넬 위로의 말이 딱히 떠오르지 않아 조심스레 등을 토닥여줄 수밖에 없었던 적도, 좋은 의도로 건넨 말이 본의 아니게 상대의 기분을 상하게 만든 적도 있었다. 이럴 때면 정말이지 내가 고장 난 로봇이 된 기분이 든다. 분명 머릿속에서 나온 생각인데 입 밖으로 나가는 순간부터는 내 것이 아닌, 전혀 생소한 단어와 문장이 되어버린다. 돌이켜보면 그런 순간들이 정말로 많았다.

———

가슴속에서 일렁이는 애매한 감정들은 나조차도 이해하기가 쉽지 않아 적절한 말이 떠오르지 않는다. 마음과 말의 시차는 왜 생기는 걸까? 마음이라는 현상이 있는데 정의할 말이 없다는 것이 나는 왜인지 불합리하고 이상하게 느껴졌다.

—

왜 나는 행복하지 않을까?

왜 나는 자꾸 이렇게 마음이 지칠까?

왜 나는 내가 원하는 것조차 정확히 모를까?

왜 나는, 왜 나는….

—

그런 생각들은 꼬리에 꼬리를 물며 나를 잠식해왔다. 너무도 힘들었다. 하지만 그 괴로운 시간 동안 '왜'라고만 다그쳐 물었을 뿐, 진짜 내 마음이 어떤지는 정작 알아보려 하지 않았다. 타인의 마음을 이해하고 슬픔에 공감하기 위해서는 그토록 노력하면서 왜 그동안 내 마음에는 무심했던 걸까? 반성하는 의미로 한동안 깊은 고민에 빠졌다. 그리고 그 심연의 끝에서 내 마음을 표현해줄 수 있는 단어를 찾았다.

기억, 신념, 후회, 경험, 의지, 사랑, 친구, 변화, 자아, 나….

한 자 한 자 적다 보니 어느새 90가지가 넘는 단어들이
모였다. 그제야 비로소 이 단어들이 내게 의미하는 바와,
왜 그동안 그토록 기대하고 지치는 일들을 반복하며 우
울해했는지를 조금은 알 것 같았다. 그리고 이 과정을 통
해 시간이 지나면 공허해지는 '빈 위로'가 아니라 '진짜
위로'를 받았다. 바로 '내'가 내 말에 공감해주는 가장 다
정한 객체이자 위로의 주체가 된 것이다.

이 책은 내가 나를 찾기 위해 고민한 흔적이다.
부디 당신도 90여 개의 단어 속에서
'당신'을 만날 수 있었으면 좋겠다.

어느 날 마음속에서 슬픈 소리가 들려올 때
열어보아야 할 내 마음속 90여 개의 인생 단어들

1

격려가 필요할 때

간절함

어느 날 한 청년이 소크라테스Socrates에게 "어떻게 하면 그렇게 다양한 지식을 습득할 수 있나요?"라고 물었다. 소크라테스는 청년에게 물속으로 들어가 잠수를 해보라고 했다. 청년은 그 말대로 물속으로 들어가 잠수를 했다. 그리고 기다렸다. 시간이 흘러도 아무런 부름이 없자 숨이 막힐 것 같았던 청년이 헉헉거리면서 밖으로 나왔다. 소크라테스는 그런 청년에게 물속에서 정말로 원했던 것이 무엇이냐고 물었고, 청년은 당연히 '공기'였다고 답했다. 그러자 소크라테스는 이렇게 말했다.

"그것을 간절히 원한 만큼 지식을 갈구해야 하네."

뭐든 원하는 것을 쟁취하기 위해서는 '간절함'이 바탕이 되어야 한다. 그 마음이 짙어야 노력에 탄력이 붙고 더 힘 있는 행동이 이어진다. 물론 노력하면 반드시 원하는 것을 얻을 수 있다고 장담하진 못한다. 하지만 간절함이 깊은 만큼 목표에 가까이 다가갈 수 있는 것만은 분명하다.

갈증

사람의 몸은 약 70퍼센트가 물로 구성되어 있다. 매일 체내에서 많은 양의 수분이 몸 밖으로 배출되는데, 이를 충분히 보충해주지 않으면 목마름을 느낀다. 이런 느낌을 갈증이라고 한다. 이를 해결하기 위해 물을 마시면 일시적으로는 갈증이 해소되지만 일정 시간이 지나면 또다시 목이 말라온다. 그래서 갈증이란 단어는 채워도 채워도 채워지지 않는 욕구의 대명사처럼 쓰이고 있다.

우리가 느끼는 여러 욕구와 욕망에는 갈증이 뒤따른다. 갈증을 일으키는 욕구는 다양하다. 식욕이나 수면욕처럼 본능적인 것일 수도 있고 어떤 대상을 갖고 싶다는 소유욕일 수도, 뭔가가 되고 싶거나 뭔가를 이루고 싶다는 고차원적 소망일 수도 있다. 이런 욕구들은 죽을 때까지 끊이지 않아 갈증이 좀처럼 가시지 않게 한다. 그렇다고 무턱대고 많은 물을 마실 수도 없다. 뭐든 지나치면 체하는 법이니까. 반대로 수련하는 셈 치고 물을 마시지 않고 참자니 탈진해 쓰러질 것만 같다.

허망하게 반복되는 이 같은 과정을 꼭 나쁘게만 볼 수는 없다. 인간은 태초부터 갈증을 느끼도록 태어난 존재다. 물을 마시지 않으면 살아 있을 수 없다. 아이러니하게도 매번 목이 마른 것은 우리가 실존하고 있다는 사실을 느끼게 해준다.

욕망은 인간의
본질이다.

바뤼흐 스피노자 Baruch Spinoza

●

감정의 바다

'상대방의 마음을 내 마음처럼 알 수 있다면 얼마나 좋을까?' 하는 생각을 한 적이 있다. 진정으로 상대의 마음이 어떤지 알기 위해서는 그 사람의 감정이 일렁이는 바다에 푹 빠져야 한다. 수심이 적당하다면 더할 나위 없이 좋겠지만, 발이 닿지 않을 정도로 깊어 오래 헤엄치지 못할 수도 있다. 함께 파도를 타고 해변에 발을 디딜 수 있다면 좋겠지만, 반대로 함께 가라앉아 버릴 수도 있다. 때로는 바닷속이 아닌 바깥에서 자신만의 감정이란 바다에 잠겨 있는 상대방의 이름을 크게 부르며 나오라고 손짓하는 것이 현명하지 않을까 하는 생각도 든다.

그럼에도 불구하고 살아가다 보면 깊이 이해하고 싶은 사람이 다가올 때가 있다. 그럴 때면 타인의 내면 깊숙이 들어가는 것이 위험한 일임을 알면서도 조금씩 용기를 내게 된다. 그리고 한 걸음씩 바다를 향해 걸어가면서 생각한다.

어쩌면 사랑이라는 것은
다칠 걸 알면서도

　　　용기를 내 한 발 더
나아가는 것이 아닐까?

겨울나무

문득 겨울나무를 바라보다 궁금해졌다. 봄, 여름, 가을을 함께했던 아름다운 풍경들, 무성하던 푸르른 잎, 색색으로 계절을 물들이던 꽃, 좋은 날들이다 찬사하던 이들은 모두 어디로 갔을까? 날씨만큼이나 을씨년스럽게 앙상한 가지만 남은 나무의 자태는 먼 북쪽에서 불어오는 매서운 삭풍과 살이 떨리는 추위에 고적함만 더한다.

차고 시린 겨울이 나무에게는 야속하게 느껴질 수도 있지만, 미처 깨닫지 못했던 것들의 소중함과 화려한 이면에 숨겨진 진짜 모습을 알기에는 좋은 계절인지도 모르겠다.

겸손

'허세'는 적이 공격할 허점을 만들 뿐이고
'겸손'은 방패가 되어 나를 보호해준다.

화려했던 지난날을 자랑거리 삼아 주저리주저리 늘어놓는 사람들이 있다. 그런 대화는 하는 사람 입장에서는 재밌을지 모르지만 잠자코 들어야 하는 사람 입장에서는 그다지 유쾌하지 않다. 빈 수레가 요란하다는 말이 틀리지 않다는 생각도 슬그머니 고개를 든다. 자신감이나 기쁨을 표현하는 것도 자기애의 일부지만, 너무 자주 과장되게 표현하다 보면 다른 사람의 반발심을 살 수도 있다. 훗날 그 말들이 독이 되어 화자에게 돌아올지도 모른다.

독일에는 '타인의 불행에서 순수한 기쁨을 느낀다'는 속담이 있다. 속담이 가리키는 심리를 손해Schaden와 고통Freude의 합성어인 '샤덴프로이데Schadenfreude(다른 사람이 불행할 때 뇌에서 느끼는 불편한 기쁨)'라고 한다. 온라인 공간에서 심심치 않게 보이는 유명인을 향한 시기와 질투의 배경에도 이 단어로 표현되는 마음이 있을 것이다. 우리의 일상도 별반 다르지 않다. 당사자 앞에서는 위로해주는 척하면서도 돌아서면 '그럴 줄 알았다'며 숙덕거리는 일이 얼마나 비일비재하던가. 타인의 이율배반적인 감정들로부터 자신을 보호할 수 있는 유일한 무기가 있다면 그건 바로 '겸손'이다.

만유인력의 법칙을 발견한 천재 물리학자 아이작 뉴턴Isaac Newton은 자신의 지식을 발견되지 않은 진실의 대양 앞 해변에서 놀고 있는 소년에 비유했고 상대성이론을 발견한 또 다른 천재 알버트 아인슈타인Albert Einstein은 자신이 똑똑한 것이 아니라 문제를 더 오래 고민했을 뿐이라 말했다. 그들은 역사에 한 획을 긋는 업적을 이루고도 단지 좀 더 오래 생각하고 좀 더 빨리 발견했을 뿐이라며 겸손한 태도를 잃지 않았다.

ㄱ

자존을 지키는 선에서
적당히 겸손을 유지해야
내 마음을 안전하게 지킬 수 있다.

경험

'타불라라사 tabula rasa'는 라틴어로 '깨끗한 석판'이라는 뜻
이다. 즉, 아무것도 쓰여 있지 않은 백지상태를 의미한다.
영국의 경험론 창시자 존 로크John Locke는 인간은 어떤 관
념이나 정신적인 기재 없이 아무것도 없는 백지상태로
태어나며, 후천적인 경험으로 인해 마음이 형성되어 전체
적인 지적 능력이 향상된다고 했다. 날 때부터 선천적으
로 관념을 가진다는 데카르트의 본유관념과는 대비되는
주장인데 내적 · 감각적 경험을 통해 관념이 생긴다는 지
점이 더 마음에 와닿았다.

어떻게 보면 물질적인 것들은 어쩔 수 없이 불평등하게 지닌 상태로 태어나도 경험은 모두 평등한 백지상태로 태어난다는 말이기 때문이다. 백지에 무엇을 그리고 어떤 색을 입힐지는 결국 자신의 몫이다. 그 결과물인 관념이나 지적 능력에 평가를 내린다는 것 자체가 어불성설인지도 모른다. 경험 안에 담겨 있는 모든 복합적인 관념과 가치는 직접 경험해보지 않고는 알기 힘든 것들이기 때문이다.

경험은 곧 몸으로 쌓은 지식이며,
나아가 내 삶의 원천이 된다.

계기

미국의 어느 학교에서 있었던 일이다. 선생이 한 아이의 뺨을 때렸다. 안절부절못하고 정신 사납게 한다는 것이 이유였다. 하필이면 모두가 지켜보는 앞에서 벌어진 일이라 굴욕감에 휩싸인 아이는 집으로 돌아가는 내내 울음을 멈출 수 없었다. 그때 아이의 나이는 고작 다섯 살에 불과했지만 아이는 이 사건을 계기로 평생 부당함과 맞서기로 다짐했다. 바로 "죄는 미워해도 사람은 미워하지 말라"라는 말로 유명한 변호사 클래런스 대로Clarence Seward Darrow의 이야기다.

조금 다른 경우이기는 하지만 나도 작은 사건 하나가 인생의 방향을 결정하는 경험을 한 적이 있다. 학창 시절 나는 글짓기에 소질이 있는 학생이 아니었다. 해마다 열리는 글짓기 대회에 의무적으로 참석해야 하는 것이 귀찮기만 했다. 그날도 딴짓만 하다 결과물을 제출하라는 선생님의 재촉에 아무렇게나 떠오른 구절을 시랍시고 써 내려갔다. 어렴풋이 제목만 기억날 뿐 어떤 내용인지는 한 구절도 떠오르지 않는 글이었다. 그런데 거짓말처럼 그 대회에서 상을 받았다. 나는 어안이 벙벙한 나머지 그 소식을 전하는 선생님에게 물었다.

"제 시가 어떻게 상을 받은 거죠?"

나만큼이나 이 대회에 관심이 없어 보이던 선생님이 무심하게 대답했다.

"글쎄. 아무리 찾아봐도 상을 줄 만한 글이 없었나 보더라."

그때의 묘한 기분이란. 당시에는 일상의 해프닝 중 하나로 기억에서 잊힌 줄 알았는데, 지금 와서 돌이켜보면 그것이 '계기'였던 것 같다. 그 일이 없었다면 글쓰기를 좋아하게 되지도 않았을 거고, 지금처럼 이렇게 글을 쓰고 있지도 않았을 테다. 비록 작은 계기였지만 그때부터 조금씩 변화한 내가 현재의 나인 것이다. 타고난 재능이 없거나 관심사가 아니어도 계기만 있다면 사람의 운명은 얼마든지 변할 수 있는 걸까?

그동안 부정했던 결정론(세상에 일어나는 모든 일은 앞서 일어난 원인에 의해 결정된다는 이론)에 조금씩 공감이 가기 시작한다. 사람은 날 때부터 타고난 환경이 있으나 대체로 외부에서 우연히 찾아오는 계기가 그 사람의 삶의 방향이나 운명을 바꿔놓는 경우가 많다. 분명하게 인지할 수 있도록 삶을 온통 흔들어놓는 엄청난 계기도 있지만 대부분은 나비효과처럼 아주 작은 날갯짓 한 번이 태풍이 되어 전혀 다른 결과를 불러온다.

그러니 나를 변하게 할
계기의 크기는 중요치 않다.

진짜 중요한 것은 그 계기로
만들어낼 변화의 크기다.

공감

공감empathy은 독일어 아인퓔룽Einfühlung에서 유래된 말로 '감정을 이입한다'는 뜻의 단어다. 인간의 감정을 여러 색깔로 나눈다면 색의 채도는 감정의 세기라고 할 수 있겠다. 서로의 채도가 가장 비슷해지는 순간 상대의 마음속으로 들어갈 수 있는 문이 내 마음과 연결된다. 이는 연민이나 동정 그리고 단편적으로 어림짐작하는 것과 확연히 다르다. 타인을 완벽하게 이해하는 일은 불가능하지만, 공감이야말로 '이해'라는 영역에 가장 근접하게 다가갈 수 있는 행위다.

ㄱ

가끔 가까이 있는 사람보다 내 감정과 코드가 맞는 영화 한 편이나 책 한 권, 익숙한 멜로디 한 마디에 더 깊이 이입되어 빠져들 때가 있다. 일면식도 없는 예술가의 작품에, 이미 유명을 달리한 몇백 년 전 철학자의 말에 공감과 위로를 느낄 때면 기분이 묘하다. 어떻게 주변 사람들도 잘 모르는 내 심정을 본 적도 없는 외국 작가나 몇백 년 전 사람이 이토록 잘 안다는 말인가?

어쩌면 공감이라는 것은 꼭 같은 시대, 같은 장소에서 같은 일을 겪어야만 느낄 수 있는 것이 아닐지도 모른다. 나를 깊이 이해함으로써 지극히 개인적인 감정을 다수의 보편적인 감정으로 확장해나갈 수 있는 것, 그것이 공감 아닐까 생각해본다.

공생

일생 동안 다른 사람에게 부탁을 하거나 누구의 도움도 받지 않고 살아가는 사람이 있을까? 내가 부탁할 일이 생길 때도 있고, 부탁을 받는 일이 생길 때도 있다. 누구나 혼자서 모든 걸 해결하기엔 한계에 부딪히는 순간이 온다. 그럴 때는 부탁할 누군가를 떠올리게 된다. 그러니까 누군가 나에게 부탁을 할 때, 남의 도움을 얻어 쉽게 가려 한다며 실눈을 뜨고 볼 일만은 아니다. 나를 위해서도, 상대를 위해서도 도리에 어긋나거나 감당하기 힘든 부탁일 때는 거절하되, 여력이 되는 선에서는 도움을 주고 살아도 괜찮지 않을까?

과거

인간은 불완전하다. 실수하지 않으려고 부단히 노력하지만 넘어지기도 하고 잘못된 길로 가기도 한다. 사람과의 관계에서도 의도치 않게 크고 작은 상처를 주고받는다. 중요한 건 그 이후다. 상처 입고 넘어진 채 그대로 주저앉아 완벽하지 못한 자신을 탓하며 과거만 돌아본다면 내일도 오늘과 다를 바 없는 날이 될 가능성이 크다. 지금보다 더 나은 미래를 원한다면 현재 불완전한 존재인 나를 인정하고 과거를 발판 삼아 옳은 답을 찾아가야 하지 않을까? 과거는 내가 살아온 길이고, 미래는 내가 살아갈 길이니 말이다.

똑같은 일을 반복하면서
다른 결과를 기대하는 것은
정신병 초기 증세다.

아인슈타인

괴로움이야말로 인생

금서를 낭독한 죄로 사형을 선고받았다가 집행 직전 극적으로 살아난 도스토옙스키Dostoevskii는 눈보라가 휘몰아치는 시베리아로 유배를 갔다. 그곳은 흉악 범죄자들이 모여 있다는 감옥이었다. 바깥세상과는 단절된 꽉 막힌 공간에서 24시간 그들과 같이 있어야 한다는 사실이 그에게는 무척이나 괴로운 일이었을 것이다. 이어지는 고단한 나날에 생의 의지를 상실할 법도 한데, 그는 그곳에서 오히려 인간의 심연에 대해 사색했다. 머릿속으로 다음 작품을 구상하며 4년이란 긴 시간을 버텼다. 도스토옙스키는 '괴로움이야말로 인생'이라고 말하며 그때 들여다본 감정의 심연을《죄와 벌》을 비롯한 위대한 예술작품으로 승화했다.

세상에는 수많은 종류의 고통이 있다. 태어나고 늙고 병들고 죽는 생로병사의 육체적인 고통을 비롯해 타인과의 관계에서 오는 미움과 원망, 상실의 아픔, 경쟁과 비교에서 오는 자괴감과 열등감 등 마음에도 매일매일 크고 작은 괴로움의 풍파가 인다. 사는 동안 느끼는 고통의 종류는 이루 다 헤아리기 힘들 정도다. 하지만 도스토옙스키의 말대로라면, 바로 이런 괴로움 속에서도 체념하지 않고 끊임없이 무엇인가를 시도하는 것이 인생이다.

살아 있기에 고통도 존재하는 것이다.

권태로움

새로운 것에도 언젠가는 익숙해지기 마련이다. 익숙함은 단조로운 일상을 부른다. 그리고 그와 함께 권태가 찾아온다. 달리 말하면 현재의 상태가 신경 쓰이는 것 없이 평안하다는 뜻이기도 하지만, 공연스레 시간만 허비하고 있는 것은 아닐까 두려운 생각도 든다. 늘 그렇듯 이런 불안은 어떤 강박에서부터 시작되어 스스로를 조급하게 만든다.

권태로움은 언제나 삶의 곁을 맴도는 바람과 같다. 새로움이 가끔씩 부는 세찬 바람이라면 권태로움은 있는 듯 없는 듯 잔잔하게 불고 있는 미풍이다. 하지만 바람이 잠잠해졌다고 해서 완전히 사라진 것은 아닌 것처럼, 지금 권태롭다고 해서 아무것도 하지 않고 있는 것은 아니다.

어쩌면 삶은 권태와 싫증 그리고 새로움의 탐색과 추구를 반복하는 과정의 연속일지도 모른다. 만일 이런 굴곡이 없다면 삶은 그야말로 무미건조할 테다. 여태껏 우리는 수많은 권태에 길들여져 왔고 그 미동 없는 시간 속에 몸을 잠시 웅크린 채 쉬어가기도 하며 다시 새로이 도전할 힘을 얻었다. 그렇다면 권태로움 또한 우리 삶에 꼭 필요한 휴식 같은 존재 아닐까?

그리움

그리움이란 무엇일까? 넓은 바다에서 산란을 마친 연어가 강으로 돌아오듯이 사람에게도 귀소본능이 있다. 오래도록 낯선 환경에 놓여 있다 보면, 유년 시절을 보낸 고향이나 익숙했던 장소에 대한 그리움이 생기기 마련이다. 이렇듯 과거의 특정 시기나 장소에 대한 향수를 뜻하는 노스탤지어nostalgia는 17세기 스위스 의학자 요하네스 호퍼Johannes Hofer가 그리스어 귀향nostos과 고통algos이란 단어를 합쳐 만든 말이다. 당시 전쟁터에 용병으로 나간 스위스 청년들에게 가장 큰 고통은 고향에 돌아가지 못할지도 모른다는 그리움과 두려움이었다고 한다. 얼마나 그리움이 컸으면 '고통스럽다'고까지 표현했을까?

불쑥 그리움이 찾아올 때는 정말이지 만감이 교차한다. 배시시 웃음이 새어 나오다가도 금세 눈가가 촉촉해진다. 우리는 그리움이라는 감정을 특정한 형체로 만들어 보관하기도 한다. 추억이 담긴 물건을 버리지 않고 모아둔다거나 중요한 순간을 사진으로 남겨 앨범에 보관한다. 앨범 속 사진을 한 장 한 장 넘기며 지나간 과정들을 되짚어가다 보면 빛바랜 사진 속에 담긴 그리움들이 가슴을 뭉클하게 한다.

신기하게도, 같은 사람이나 사건에 대한 그리움도 떠올리는 시점에 따라 다르게 느껴진다. 당시에는 느끼지 못했던 다양한 감정들이 시간이 흐른 뒤에 보면 그리움이라는 단어로 떠오르기도 한다. 어느 날 갑자기 그리움이 사무친다면 그것은 지나간 사람이나 시간, 기억의 소중함이나 가치를 그제야 깨달은 것이다. 이제 다시는 오지 않을 그 순간이 이미 오래전에 지나갔다는 것을. 짙어진 그리움은 가끔씩 가슴속에서 꺼내볼 기억으로만 존재한다는 사실을 말이다.

ㄱ

금언

유대인의 지혜를 다룬 《탈무드》에서는 귀는 친구를 만들지만 입은 적을 만든다고 했다. 그래서인지 입을 조심하라는 경계를 담은 성어가 많다.

1. 유언비어流言蜚語

《탈무드》에서는 소문이란 '소문에 오른 자, 소문을 듣는 자, 소문을 말하는 자', 이렇게 세 사람을 죽이는 것이라 했다. 아무 근거 없이 떠돌아다니는 낭설은 입에 담지도, 귀로 듣지도 말아야 한다.

2. 중언부언 重言復言

아무리 그 사람을 위하는 마음에서 우러나온 말이라도 귀에 못이 박히도록 반복해 이야기해서는 안 된다. 듣는 사람의 입장에서는 또 다른 고통일 수도 있다.

3. 일구이언 一口二言

밥 먹듯 거짓말을 일삼거나 상황에 따라 계속 말을 바꿔 서는 안 된다. 일관성 없는 말은 신뢰를 잃게 한다.

4. 동문서답 東問西答

동쪽을 물었는데 서쪽으로 답한다. 상대방이 하는 말을 경청하지 않고 엉뚱한 대답만 하면 말하는 사람은 힘이 빠지기 마련이다.

5. 허장성세 虛張聲勢

빈 수레가 요란하다는 말이 있다. 허세뿐인 말은 타인에 게 밉보이기 좋으며 언젠가 밑천이 드러나고 만다.

6. 견강부회 牽强附會

강단과 고집은 다르다. 타인을 의식하지 않고 이치에 맞지 않는 말을 억지로 우겨서는 안 된다. 지나친 고집은 자신도 모르는 사이 주변 사람을 하나둘 떠나게 만든다.

7. 육두문자 肉頭文字

언행은 인격을 고스란히 드러낸다. 도리에 맞는 말이라 할지라도 상스러운 표현은 상대방의 기분을 상하게 하고 말하는 사람의 품격마저 훼손한다.

8. 다언삭궁 多言數窮

노자의 《도덕경》 제5장에 나오는 말로 '다언삭궁 불여수중 多言數窮 不如守中', 즉 너무 많은 말을 하면 자주 궁지에 몰리니 침묵을 지키는 것만도 못하다는 뜻이다. 인간의 생각은 온전히 말로 전할 수 없기에 많이 떠들수록 말이 꼬여버리기도 한다. 그러다 보면 의도치 않게 궁한 상황에 부닥치기 마련이니 그럴 땐 차라리 입을 다무는 것이 낫다.

기
도

이따금 인간의 노력으로는 어찌할 수 없는
불가항력이라는 것이 있다.
이럴 때는 인간의 나약함을 인정하고
기적을 바라는 것 외에는 달리 방도가 없다.

기적을 바라는 행위인 기도의 방식은
사람마다 다르다.

ㄱ

마음속으로만 읊조리는 사람도 있을 것이고,

두 손을 모으고 경건한 자세로 기도하는 사람,

기원이 담긴 물건을 늘 곁에 두는 사람도 있다.

어찌 되었든 마음을 담아 기원하는 기도라는 행위는

그 자체만으로도

마음의 안정과 내일을 살아갈 수 있는 기운을

얻게 해주는 것인지도 모른다.

기억

같은 피사체도 촬영 각도나 기법에 따라
전혀 다르게 느껴지듯,
우리의 기억도 마찬가지다.

기억은 나의 역사에 대한 해석이며
나만을 위해 상영되는 한 편의 영화다.

기회

흔히 인생에 중요한 기회가 세 번 온다고 말한다. 그만큼 좋은 기회가 오는 것이 흔치 않다는 뜻이기도 하고, 그런 기회를 알고도 잡기 힘들다는 말인 것 같기도 하다. 지나고 생각해보면 사실 살면서 이런저런 기회는 많았는데, 자각하지 못한 사이 놓치거나 알면서도 타이밍이 맞지 않았다던가 하는 이런저런 이유로 포기하는 경우가 많았다. 천재일우가 온들 잡을 수 없다면 무슨 소용이 있을까?

미국 유명 작가이자 투자와 관련된 많은 명언을 남긴 마크 트웨인Mark Twain은 책과 강연으로 막대한 수익을 얻었지만 투자에서는 매번 인생의 쓴맛을 보기 일쑤였다.

그러던 어느 날 알렉산더 그레이엄 벨Alexander Graham Bell이라는 젊은 발명가가 트웨인을 찾아왔다. 벨은 트웨인에게 다섯 블록이나 떨어진 곳에서도 전선을 통해 서로의 목소리를 들을 수 있게 될 거라고 주장하며 자신의 발명품에 투자하라고 말했다. 트웨인은 말도 안 되는 소리라며 코웃음을 쳤다. 이후 벨은 정말 '전화기' 발명에 성공했고 그에게 투자했던 이들은 어마어마한 수익을 거뒀다. 훗날 트웨인은 연이은 투자 실패로 인해 빚더미에 시달리게 되었는데, 만일 그가 그때 벨의 말을 듣고 전화기에 투자했더라면 아마 단 한 번의 투자로 엄청난 부를 축적할 수 있었을 것이다.

이처럼 언제 올지 모르는 기회를 잡기 위해서는 다방면으로 생각해야 한다. 중국어로 위기危机라는 단어에는 '위태'와 '기회'라는 뜻이 모두 내포되어 있다. 난세가 영웅을 낳듯이 위기에도 기지를 발휘하면 더 높이 도약할 수 있다. 중국 삼국시대에 유비, 조조, 제갈량 등 수많은 호걸이 대업을 도모한 일화는 너무도 유명하다. 지금이 위기라는 생각이 들더라도 잘 살펴보면 그 안에는 분명 기회가 숨어 있을 것이다.

천재일우 千載一遇

천년에 한 번 만난다는 뜻으로,
여간하여서는 만나기 어려운 좋은 기회

긴장의 역설

'하인리히 법칙'은 대형 사고나 재해는 어느 날 우연히 발생하지 않으며 그 이전에 경미한 사고와 징후가 반드시 존재한다고 말한다. 우리 삶도 마찬가지다. 잘 되어가고 있다고 생각했던 일이 갑자기 틀어지거나 뜻밖의 큰 문제가 생기기 전에 분명 크고 작은 징후들이 있었을 것이다. '이대로 괜찮을까' 싶은 불안, '왠지 좀 찜찜한데' 싶은 상황…. 그러나 익숙한 현재에 머무르고 싶은 안일한 마음이 이런 신호들을 그냥 지나치게 만든다.

그러다 막상 사고가 터지고 나서야 깨닫는 것이다. '뭐, 괜찮겠지' 싶은 안일감, '아니었으면 좋겠다'는 현실 회피 등이 사실은 나의 바람에 불과했다는 것을 말이다.

삶은 평온과 불안 그 사이에 있다. 과도한 긴장은 스트레스를 유발해 생활에 지장을 주지만, 반대로 나사가 풀린 것처럼 해이해져버리면 예상치 못한 변수가 생겨 시련을 맞닥뜨릴 수도 있다. 평온과 불안 사이에서 아슬아슬한 줄타기를 하며 떨어지지 않으려면 긴장을 풀고 바람에 몸을 맡겨야 할 때와 긴장의 고삐를 꽉 쥐고 빨리 걸음을 내디뎌야 할 때를 잘 구분해야 한다. 가장 평화로운 순간에도 긴장의 끈을 놓지 않는 태도야말로 우리를 무사히 목적지까지 데려다줄 것이다.

길

세상에는 무수히 많은 길이 거미줄처럼 펼쳐져 있다고
한다. 목적지라는 것도 여기서 잠시 쉬었다 간다는 의미
일 뿐 최종 종착지가 어디가 될지, 그 끝은 무한하기만 하
다. 시간이 흘러 산으로 가로막혀 있던 곳에 터널이 생겼
고, 나아가 바닷길과 하늘길도 열렸다. 이대로라면 언젠
가는 공상과학영화에나 나올 법한 시공을 초월한 길도
생길지 모르는 일이다. 결국 내 눈에 보이고 내가 아는 길
이 전부는 아니라는 뜻일 테다.

'나'가 중심인 1인칭 시점에서는 단순히 내 앞에 놓인 길을 나 혼자 걷는 것으로 보이겠지만, 그 틀 바깥에서 보면 다를 수 있다. 우리는 누군가 이전에 만들어놓은 길을 걷는 중이며 이후의 또 다른 누군가가 걸어갈 길을 걷고 있는 것이기 때문이다. 작은 점이 모여 선을 이루고 그 선이 여러 갈래로 뻗어나가 하나의 세상이 되는 것처럼 말이다.

'혼자 걷는 게 아니다.'

이렇게 생각하면 내가 현재 하고 있는 일이나 가고 있는 길에 대한 시각이 달라진다. 어떤 길이든 우리는 그 길의 모든 과거와 미래와 연결되어 있는 것이기 때문이다. 먼저 걸어가 준 사람이 있어 외롭지 않고 나중에 걸어올 사람이 있어 책임감이 생긴다.

그렇게 우리는 모두 길 위에서 만난다.

꾸준함의 꾸준함

"안 되는 건 안 되는 거다."

사람들을 만나 이런저런 대화를 나누다 보면 농담처럼 이런 말을 하게 될 때가 있다. 세상 일에는 노력만으로는 극복하기 힘든 것도 있다는 사실을 몸소 체득하게 된 때부터 자주 이렇게 말하게 됐는데, 특히 자기 분야에서 천재적인 재능을 발휘하는 사람들을 바라볼 때면 이런 생각이 절로 든다.

아무리 노력해도 천재성을 타고난 사람들을 보통 사람이 따라잡기는 힘들어 보인다. 작곡가 모차르트Mozart 는 열네 살에 이미 한 번 들은 교향곡 악보를 외워서 그렸고 수학자 가우스Gauss는 열 살에 등차수열을 고안했다. 많은 사람들이 평생을 바쳐도 이루기 힘든 것들을 10대 때 이미 이뤘다고 하니 놀랍기만 하다. 한편으로는 질투가 나지만 어쩔 수 없는 것을 계속 불평하기보다는 불편한 진실을 일찌감치 받아들이는 편이 낫다는 것을 깨달았다.

영국 문학가 새뮤얼 존슨Samuel Johnson은 '하루에 3시간씩 걸으면 7년이면 지구 한 바퀴를 돈다'고 했다. 사람마다 체격이나 걸음걸이에 따라 조금씩 차이는 있겠지만, 뭐든 포기하지 않고 부단히 노력만 한다면 의미 있는 수치의 결과물을 얻을 수 있다는 뜻일 것이다. 예를 들어 1년에 두 권의 책을 쓸 수 있는 작가는 평생 100권 이상의 책을, 한 달에 한 점의 그림을 그릴 수 있는 화가는 평생 500점 이상의 그림을 남길 수 있다. 별과 해바라기의 화가 빈센트 반 고흐Vincent van Gogh는 살아생전 돈을 받고 판 그림은 한 점밖에 되지 않았지만 무려 2,000점이 넘는 그림을 남겼다.

비록 이런 노력이 당장은 다른 사람들 앞에서 빛을 보지 못할 수도 있지만 꾸준함을 꾸준히 지속하는 행위는 그 자체로 그 사람의 인생이 빛을 잃지 않도록 도와준다.

ㄴ

나와 가까워지고 싶을 때

나

모든 시간 속에 있는 '나'는 과연 같은 사람일까? 초롱초롱하게 맑은 눈으로 세상을 바라보는 어린아이인 나, 학교에 다니면서 그 속에서 왁자지껄 친구들과 어울리는 나, 성인이 되고 사회에 나와 두루뭉술하게 세상과 섞여 살아가는 나 그리고 노인이 되어 황혼이 깃든 나. 인생이라는 타임라인에 수많은 '내'가 존재한다.

만일 지금의 내가 어린 시절의 나와 황혼의 나를 만난다고 상상해보자. 경험과 생각의 차이로 인해 같은 사람이라 인식할 수 없을 테다. 세월의 격차가 크면 클수록 괴리감 또한 더 분명히 느껴지기 마련이니 나라는 존재는 시점에 따라 충분히 다른 내가 될 수 있다.

모두 '나'지만
모두 '같은' 나는 아니다.
어느 것이 진짜 나인지 묻는다면
지금 이 순간 인식할 수 있는
나만이 진짜일 것이다.

노력의 가치

한 여인이 레스토랑에 앉아 있는 파블로 피카소Pablo Picasso
에게 다가와 냅킨에 무엇이든 좋으니 그려달라며 낙서라
도 해달라고 부탁했다. 그러고는 적절한 대가를 치르겠다
고 했다. 이에 피카소는 그림을 그려준 다음 1만 달러를
요구했다. 여자는 깜짝 놀란 나머지 항의했다.

"불과 30초 만에 그렸잖아요?"
"저는 이 실력을 얻기까지 40년이 걸렸습니다."

생각지 못한 피카소의 대답에 나는 잠시 멍해졌다. 최근
한 미술품 경매에서 피카소의 그림이 수백억 원에 거래
됐다는 기사를 읽은 적이 있다. 그때도 피카소의 현재 유

명세를 생각하면 그럴 수도 있겠구나 하고 쉽게 납득하고 넘어갔다. 그런데 40년이란 시간이라니. 피카소가 유명세를 얻기까지 노력한 과정은 놓치고 지나간 것이었다. 모든 가치를 재화로 환산할 수는 없겠지만 시간의 가치는 어느 정도 측정할 수 있는 기준이 있다.

예를 들어 운동선수라면 그 선수가 지금까지 보여준 기량을 토대로 계약 기간 동안 발휘할 미래의 잠재성까지 고려한다. 기업에서는 그 사람의 포부나 미래 가치를 보고 연봉을 제시한다. 반대로 구직자가 지원할 회사를 정할 때도 마찬가지로 그 회사의 비전과 성장 가능성을 따져본다. 물론 가치라는 것이 무작정 시간이 흐른다고 해서 저절로 만들어지는 것은 아니다. 타고난 재능이 원석이라면 우리가 하는 노력은 그 원석이 반짝일 수 있도록 그래서 제 가치를 세상에 드러낼 수 있도록 끝없이 연마하는 과정이다. 정교하게 세공된 보석일수록 같은 원석으로 만들어진 보통의 작품보다 더 높은 가치를 갖는 것은 당연하다.

이런 기준에서 나의 시간은 얼마일까?

라파엘처럼 그리는 데는
4년이 걸렸지만,
어린아이처럼 그리는 데는
평생이 걸렸다.

파블로 피카소

눈물과 이슬

눈물은 아름답게 방울방울 맺히는 이슬과 닮았다.

그리스신화에는 아들을 잃은 새벽의 신 에오스Eos가 비통함에 빠져 흘린 눈물이 이슬이 되어 세상을 적셨다는 이야기가 나온다. 대기의 온도가 낮아져 수증기가 물로 응결될 때의 온도를 이슬점이라 하는데, 어쩌면 사람에게도 제각기 눈물점이라는 것이 있는지도 모른다. 차가운 눈동자에 슬픔이 맺히고 그 과정에서 바깥과 온도 차가 생기면 이슬이 맺힌다. 온도 차가 너무 크면 결국엔 흘러넘치는데 이것이 슬픔의 응결체인 눈물인 셈이다.

그러니 행복하고 즐거울 때 자연스럽게 미소 짓게 되듯이 감당할 수 없는 슬픔이 밀려올 때 우는 것 또한 자연스럽다. 한바탕 눈물을 쏟고 나면 일시적으로 기분이 좋아지기도 하는데, 이는 생리적인 '카타르시스'에 속한다.

슬픔을 참거나 삼키기만 하는 사람은 나중에 응어리진 슬픔이 딱딱하게 굳어 가슴속에 돌로 남는다. 우리는 이를 '한', '원망' 등 여러 가지 이름으로 부르는데, 한번 굳어버린 마음을 부드럽게 풀어내기란 쉬운 일이 아니다. 슬플 때는 슬픔이 응어리가 되어 마음이 완전히 딱딱해지기 전에 나 스스로에게 눈물로 해소할 수 있는 시간을 주자.

바깥과 내 마음의 온도 차가
너무 크면 결국엔 흘러넘치는데
이것이 슬픔의 응결체인
눈물인 셈이다.

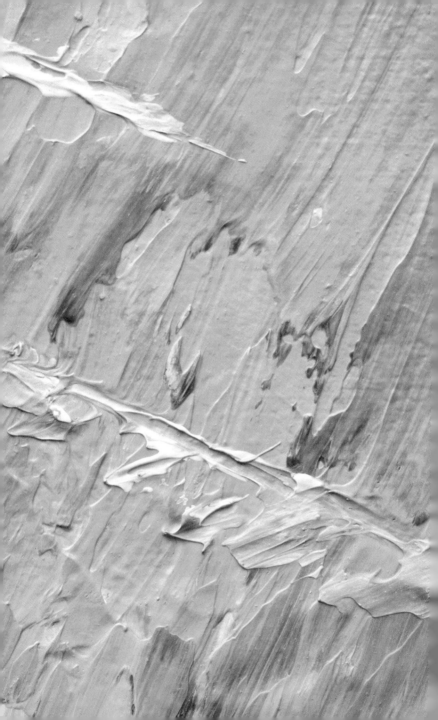

ㄷ

다시 시작하고 싶을 때

다
시

살다 보면 마지막이라는 생각으로 사력을 다한 일이 한순간에 물거품이 되어버릴 때가 있다. 그때 밀려오는 허망함을 어찌 이루 다 말할 수가 있을까. 바닥에 주저앉은 채로 높은 곳을 올려다보며 소망하는 미래를 그려본들 지친 육신은 바닥을 점점 더 깊이 파고든다. 한동안은 그럴 수 있다. 그럴 때는 잠시 내려갈 만큼 내려가도 괜찮다. 그래도 언제나 우리는 어떻게든 살아가기 위해 온 힘을 다해 '다시' 몸을 일으키지 않던가?

마음은 미래에 살고
현재는 항상 슬픈 것
모든 것은 한순간에 사라지나
지나간 것은 훗날 소중하리니

푸시킨Pushkin, 〈삶이 그대를 속일지라도〉 중에서

•

단절

영국 인류학자 로빈 던바Robin Dunbar에 따르면 우리가 사회에서 맺을 수 있는 인맥의 수는 최대 150명이라고 한다. 이른바 마당발이라 불릴 정도로 관계의 폭이 넓은 사람도 인맥을 늘리는 데는 한계가 있다는 뜻이다. 그러고 보면 관계를 효율적으로 유지하기 위해서는 적절한 단절의 기술이 필요하다. 정말 마음이 잘 맞는 사람들과도 각자의 사정이나 시간 때문에 멀어지고 마는데, 굳이 진심이 담기지 않은 관계를 억지로 유지할 필요가 있을까?

본래의 취지를 벗어나 자랑과 험담을 일삼는 모임, 나를 낮잡아 보거나 무시하는 사람, 끊이지 않는 다툼으로 좀처럼 타협점을 찾기 힘든 사이 등 나를 지치게 하는 관계와는 서서히 거리를 두고 멀어질 필요가 있다. 관계의 숲엔 150그루의 나무밖에 심지 못하는데, 심긴 나무들이 모두 상해 있다면 차라리 몇 그루 없더라도 튼튼한 나무만 골라 심는 것이 내 몸도 편하고 마음도 편하다.

자라지 못하는 관계는 자를 줄 알아야 한다.
그것은 내 시간과 감정을 지키기 위함이다.

당신에게 좋은 말

타인을 힘들게 하거나
상처를 주지 않는 것이 가장 좋은 말이다.

아홉 가지의 꽃 같은 말도
한마디의 칼 같은 말로 다 자를 수 있다.

독서

미국 16대 대통령 에이브러햄 링컨Abraham Lincoln은 걸으면서도 한 손에 책을 펼치고 들고 다닐 정도로 독서광이었다. 남북전쟁 시절에도 마음을 다지기 위해 셰익스피어를 읽었다고 하니, 그의 책 사랑이 어느 정도인지 여실히 알 수 있는 대목이다. 그리고 훗날 노예해방 등 수많은 업적을 이룩한 링컨을 우리는 다시 책에서 만난다.

독서란 시공을 초월해 창작자와 대화를 나누는 일이다. '인생은 짧고, 예술은 길다'는 말처럼 강산이 수없이 변해도 가치 있는 책은 변함없이 남아 있는 것도 이런 이유에서다. 배움을 원하는 이에게는 깨달음을, 심신이 지친 이에게는 살아갈 기운을 북돋아준다. 때로 주변 사람들의 영혼 없는 조언보다 나와 성향이 비슷한 저자의 책이 더 도움이 될 때도 있다. 실제로 나는 철학자들의 주옥같은 글들을 읽고 나서야 무지한 스스로를 다시금 자각할 수 있었다.

배움에 끝이 없듯이
독서에도 끝이 없다.

돈

요즘 뉴스를 보다 보면 주인공이 '사람'이 아닌 '돈'이라는 생각이 든다. 한쪽에서는 연일 고공행진인 부동산과 주식 이야기가, 또 한쪽에서는 돈 때문에 벌어진 웃지 못할 일상의 해프닝들이 사건·사고라는 이름으로 게재된다. 이럴 때면 우리는 평생을 다 바쳐도 돈의 일부만을 가질 수 있을 뿐인데 돈은 우리의 마음을 모조리 휘어잡고 있는 것 같다는 생각이 든다. 고작 숫자가 적힌 종이 쪼가리에 불과한 그 안에 기쁨, 슬픔, 분노와 같은 무수한 감정과 수많은 사연이 담겨 있다.

또 대부분의 사람들은 매달 고지서와 카드 명세서를 정리하며 한숨을 내쉰다. 각종 공과금과 보험금, 대출금 명

목으로 손에 쥐기 무섭게 빠져나가는 돈이 많아서다. 오랜만에 연락이 온 친구는 이런저런 세상 이야기를 하다가 "숨 쉬는 것만으로도 돈이 든다"라며 푸념했다. 그 말에 온전히 동의하는 것은 아니지만 기본적인 삶을 영위하며 살아가는 데 생각보다 많은 돈이 든다는 사실에는 동의한다.

당장 한 푼이 아쉬운 상황에서 돈에 초탈한 사람이 몇이나 될까. 어릴 때는 만 원짜리 한 장만 손에 쥐고 있어도 마음이 든든했는데, 어른이 되고 나서는 아무리 열심히 돈을 벌어 통장에 돈을 채워도 마음이 불안하다. 오늘도 많은 사람들이 돈을 벌기 위해 출근한다. 지금의 생활을 유지하기 위해서는 돈이 필요하기 때문이다. 단순한 생활비를 넘어, 돈은 고마운 마음이나 좋아하는 마음을 표현할 선물로 둔갑하기도 하고 마음의 여유가 되어주기도 한다. 돈을 벌기 위해 받은 스트레스를 돈을 쓰면서 풀기도 한다.

하지만 내가 온전히 돈의 것이 되지 않으려면,
돈을 온전히 가지려는 생각을 버려야 하지 않을까?

부는 수많은 걱정을
덮어준다.

메난드로스 Menandros

동력

세차게 달리던 기차도 연료가 바닥나면 도중에 멈춰버린다. 이처럼 간절히 바라던 바를 막상 이루고 나면 뒤따르는 무거운 공허함에 짓눌려 움직이지 못할 수도 있다. 동력의 상실은 곧 정신의 표류로 이어지며, 지체할수록 삶의 의지도 점점 엷어진다. 어떻게든 내일을 향해 다시 나아가기 위해서는 에너지원인 열망을 공급해 연소해야 한다.

ㅁ

매일의 다짐이 필요할 때

미국의 어느 초등학교에서 있었던 일이다. 수업을 하던 중 교실에 쥐 한 마리가 나타나 소동이 일어났는데, 놀란 쥐가 재빠르게 숨어버리는 바람에 아무도 찾지 못했다. 그때 눈을 감고 있던 한 아이가 쥐가 숨어 있는 곳을 손가락으로 가리켰다. 그 아이는 앞이 보이지 않는 대신 특별한 청력을 가지고 있어서 소리를 듣고 쥐가 있는 곳을 알아낸 것이다. 선생님은 그 아이를 '특별한 귀'라고 부르며 늘 용기를 북돋아주었다고 한다. 이 아이가 훗날 그래미상을 스물다섯 번이나 수상한 가수 스티비 원더Stevie Wonder다. 오랜 세월이 흐른 뒤 그는 선생님의 칭찬 한마디가 인생을 바꾼 계기가 되었다고 회상했다.

이처럼 누군가의 말 한마디가 가슴속에 아로새겨져 오래 도록 영향을 주기도 한다. 유독 특정한 순간, 특정한 사람 의 말 한마디가 그토록 강렬하게 마음에 남는 것은 어째 서일까? 아마도 그 순간 청자가 처한 상황과 청자에 대한 화자의 공감 능력이 시너지를 일으켰기 때문일 것이다.

조선시대 구국 영웅인 이순신은 수세에 몰린 전장에서 "죽고자 하면 살고 살고자 하면 죽는다"라는 말로 병사들 을 독려했다. 더는 물러설 곳이 없는 상황에서 병사들이 느낀 절망감을 가슴 깊이 공감한 이순신은 함께 죽고 함 께 살 것이라는 의지를 말로 또 행동으로 보여준 것이다.

어떤 말 한마디는 사람을 살게 하고
어떤 말 한마디는 사람을 죽게 한다.
고작 말 한마디라도
신중해야 하는 이유다.

망각기와 냉각기

모든 것을 녹여버릴 것처럼 펄펄 끓어오르던 마그마도 세월이 흐르면 차갑고 단단한 암석으로 변한다. 암석의 거칠었던 표면은 흘러가는 시간과 함께 점점 풍화되어 매끄러워진다. 타들어갈 듯 뜨거운 어떤 감정도 시간의 흐름과 함께 온기를 잃고 딱딱하게 굳어버리기 마련이다. 그러나 그 흔적은 마음 어딘가에 남아 있기에 모양은 변했을지언정 사라지지는 않는다.

이렇게 적당한 망각기와 냉각기를 거친 기억들은 마음속에 매끄러운 암석으로 남는다. 간혹 그것들을 하나씩 꺼내 보다가 '무드셀라 증후군Methuselah syndrome'에 빠지기도 한다.

안 좋았던 일들은 쏙 빼놓고서 좋은 일들만 모아 '추억'이라 포장하며 그리워하는 일종의 퇴행 심리다.

제아무리 강한 감정도 시간이 지나면 결국 무뎌지고 왜곡될 수밖에 없다. 인간의 기억을 연구한 독일 심리학자 헤르만 에빙하우스Hermann Ebbinghaus가 주장한 망각곡선에 따르면 대부분의 사람들은 정보를 습득한 지 30분이 지난 후에는 기억의 절반을 잃어버리고, 한 달이 지난 뒤에는 21퍼센트밖에 기억하지 못한다고 한다. 그리하여 지독한 아픔의 순간들도 반복적으로 되새기지만 않는다면, 풍화되고 다듬어져 나머지 21퍼센트의 진실만이 아름다운 추억으로 남기도 한다.

어쩌면 세상을 살아가는 데 언제나 100퍼센트의 진실만이 중요한 것은 아니라는 것, 이는 생존의 지혜인지도 모르겠다.

몰입

몰입이란 모든 잡념, 방해물을 차단하고 자신이 원하는 것에만 정신을 집중하는 것이다. 몰입 이론의 창시자라고 할 수 있는 미하이 칙센트미하이 Mihaly Csikszentmihalyi 는 미술가, 음악가, 스포츠 선수와 같은 다양한 분야의 표본을 연구하며 이들이 작업할 때 몰입 여부에 따라 결과에 큰 차이가 있다는 사실을 발견하고 감명받았다. 같은 시간을 들여도 몰입도에 따라 천차만별의 결과가 나온다는 사실이 증명된 것이다.

인상파의 창시자인 프랑스 화가 클로드 모네Claude Monet 는 눈에 보이는 것을 그대로 화폭에 담고자 여러 악조건 에서도 야외 작업을 고집했고, 연작할 때는 10개가 넘는 캔버스에 순서 없이 그렸다. 모네는 이렇게 작업할 때 가 장 몰입이 잘된다며 이런 작업 방식을 선호했다고 한다.

그러고 보면 사람마다 자신만의 몰입법이 있다. 나는 주 로 잔잔한 음악을 듣는다. 찬찬히 일렁이는 생각의 파도 를 타고 가다 보면 어느새 글감이라는 섬에 도착한다. 이 는 현실 속 '나'를 잠시 잊고 있을 때 비로소 가능하다. 생 각의 섬에는 나를 괴롭히는 현실적인 방해물들이 없으며, 시간이라는 개념마저 망각하게 한다. 때로는 녹록지 않은 현실을 잠시 잊을 수 있는 피난처가 될 수 있으며 몰입 자 체가 하나의 즐거움이 되기도 한다.

무언가 이루고 싶은 것이 있다면
무언가 잊고 싶은 것이 있다면
각자 몰입의 섬으로 떠나보면 어떨까.

밑바닥에서부터

가진 것이 많은 사람은 그만치 겁도 많아진다.

반면 더는 떨어질 곳이 없는 사람은 용감해진다.

ㅂ

바람만 불어도 흔들릴 때

방향성

전력으로 질주해도 목적지에 다다르지 못할 수 있다. 노력이나 절대적인 시간이 부족했던 거라면 좀 더 시간을 두고 노력하면 되는 문제겠지만, 애초부터 방향을 잘못 잡은 것이라면 그동안 노력이나 시간을 허비해버린 셈이다.

어느 때보다 속도가 중요한 시대다. 그러나 속력을 내기 전에 내가 진정으로 원하는 것이 무엇인지, 가장 빠른 길이 어디인지 충분히 고민해봐야 한다. 어디로 가야 할지 모르겠다면 조급한 마음에 무작정 앞만 보고 달리는 것을 선택하기보다 차라리 조금 쉬어가며 주변 풍경도 즐기고 길도 찾아보면서 시야가 트일 때까지 기다렸다가 출발하는 것이 어떨까?

방향만 맞는다면
조금 늦더라도 언젠가는
도착하게 되어 있으니 말이다.

변화

유수불부流水不腐, 흐르는 물은 썩지 않는다는 뜻이다. 때로는 빠르게 흘러가는 시대의 변화에 맞춰 함께 흘러갈 필요가 있다. 우리가 살고 있는 현재는 그 변화의 결과이니 말이다. 도태되지 않고 살아남기 위해서는 끊임없이 변화해야 한다. 그렇다고 변화라는 단어를 너무 거창하게 느낄 필요는 없다. 아침에 10분 일찍 일어나는 것처럼 작은 변화라도 내가 할 수 있는 일부터 시작해보자.

누구나 세상을
바꾸려고 생각하지만,
스스로 변하려고
생각하는 이는 없다.

레프 톨스토이 Lev Tolstoy

•

본질

이해하려는 것은

이해하지 않는 것보다 분명 더 힘들다.

하지만 이해하려 노력하다 보면

도리어 오해하게 되는 경우가 많다.

있는 그대로를 보려 노력해야 한다.

불씨

일조지분망기신 이급기친비혹여

一朝之忿忘其身 以及其親非惑與

공자

공자는 순간적인 분노로 자기 자신을 잃는 것은 일생을 허무하게 만드는 일이라고 말했다. 또 그로 인한 재앙이 가까운 사람에게 미친다면 그보다 큰 미혹이 없다고도 했다.

사람의 뒤통수에는 심지가 있다고 한다. 평상시에는 눈에 띄지 않지만 작은 불씨만 붙어도 줄을 타고 올라가 펑 터진다. 분노는 그 작은 불씨가 될 수 있다. 일순간 판단 능력을 상실하게 하고 머릿속을 백지상태로 만든다. 몸이 강렬한 감정에 지배당하는 순간이다. 그러나 순간적인 분노에 나를 잃으면 반드시 후회하기 마련이다. 정말 화가 날 때는 잠시 화의 근원에서 벗어난 뒤 화가 한풀 꺾인 다음 응어리를 풀어야 한다.

살다 보니 울컥하는 순간에도 겉으로 토해내기보다 속으로 삭히는 때가 많다. 감정이 격할수록 상처를 주기 쉽고, 또 그 분노가 도화선이 되어 싸움이 커지는 일을 자주 경험했기 때문이다. 무엇보다 순간적인 분노로 저지른 일에 대한 후회는 마음속에 더 오래 남는 경우가 많았다. 작은 불씨 하나가 자신을 태워버리지 않도록 가만히 분노를 잠재워보자.

순간적인 분노로
자기 자신을 잃는 것은
일생을 허무하게
만드는 일이다.

공자

●

불완전함

'아들러 심리학'으로 유명한 심리학자 알프레드 아들러 Alfred Adler는 '자연의 관점에서 인간은 열등한 존재'라고 말했다. 즉, 늘 우리를 따라다니며 괴롭히는 열등감은 여러 형태로 우리 의식 속에 상존하고 있다는 것이다.

우리는 불완전한 기질을 갖고 태어난다. 삶을 살아가면서 불완전함을 극복하기 위해 최선을 다하지만, 조금씩 완전을 향해 나아갈 수는 있어도 완전해질 수는 없다. 그 때문에 마음 한구석에 내재된 열등감이 어떤 형태로든 계속 표출된다.

열등감에는 우월감을 느끼고 싶은 마음에 많은 노력을 하게 하는 좋은 측면도 있지만, 해소되지 못한 열등감은 여러 신경증으로 나타나기도 한다.

어린 시절 나는 남들보다 부족하다는 상대적 박탈감으로 가득했다. 그래서 어떻게든 눈에 보이는 성공을 이뤄내어 열등감을 해소하고 싶었다. 내 마음속 열등감이 만들어낸 일종의 강박이었다. 오랜 시간 그 안에 갇혀 괴로워했고 이러다가 '나'를 잃을지도 모른다는 두려움에 휩싸였을 때 여러 심리학 서적을 접했다. 그제야 비로소 나는 나를 이해하게 되었다.

지금도 마찬가지로 나는 불완전한 사람이다. 겉으로는 잔잔한 파도만 일렁이는 푸른 바다도 그 깊은 속에는 수많은 생명들이 숨 쉬고 있는 것처럼, 내 안에도 수많은 감정들이 헤엄치고 있다. 자신감 넘치게 내 의견을 설명하다가도 상대방이 반대 의견을 말하면 어느 순간 열등감이 불쑥 튀어나온다. 물론 누구나 본의 아니게 타인의 열등감을 건드리거나 자존감에 상처를 주며 살아간다.

모두 인간이 완전한 존재가 아니기 때문에 생기는 일이다. 어쩌면 이런 불완전함이야말로 인간적인 것인지도 모른다.

다만 자신의 불완전함을 솔직하게 마주하고 받아들여야 한다. 나의 단점을 아는 것이 최고의 장점이 될 수 있으며, 나아가 불완전한 서로를 조금 더 이해할 수 있도록 해주기 때문이다.

비밀은 누구에게나 있어야 한다

인간의 시야는 전방 180도에 불과해서 한 번에 사물의 모든 면을 볼 수 없다고 한다. 따라서 3차원인 세상에서는 어떤 대상이든 '보이는 면'과 '가려진 면'이 있기 마련이다. 빛이 많은 것을 볼 수 있게 해주지만, 그것이 전부가 아닐 수도 있다는 것이다. 칠흑같이 어두운 단면 속에 사물의 또 다른 면모가 감춰져 있을지도 모를 일이다.

빛과 어둠의 경계에서 살아가고 있는 우리의 일상도 마찬가지다. 빛 아래에서 즐거운 일상을 보낸 뒤 찾아오는 고독, 유난히 환한 웃음 뒤에 가려진 우울, 인생은 가까이 보면 비극, 멀리서 보면 희극이라 했던 찰리 채플린Charles Chaplin의 말처럼 보는 이의 시점에 따라 같은 사람의 인생이 희극으로도 비극으로도 보일 수 있다.

만일 전부를 꿰뚫어볼 수 있는 눈을 가졌다면, 도리어 우리는 더 불행해졌을지도 모른다. 누구에게나 다른 사람에게는 보이고 싶지 않은 어두운 단면이 있기에, 인간 시점의 불완전함은 이런 어둠을 자신만의 비밀로 남길 수 있도록 도와준다.

가려진 것에는
　　가려진 것 나름의

미학이 있는 셈이다.

뿌리

만일 사람이 한 그루의 나무라면 거목은 자기 분야에서 성공하거나 다른 이의 표본이 될 수 있을 정도로 단단한 사람일 것이다. 튼튼하고 굵은 줄기, 하늘을 향해 끝없이 뻗어나가는 수많은 가지, 생기가 넘쳐흐르는 푸른 잎까지 누가 봐도 가히 아름답다 할 만하다.

우리는 겉으로 드러난 거목의 위대함을 고개를 들어 우러러본다. 누군가는 부러움과 존경이 섞인 시선을 보내는 것으로 끝나고, 또 다른 누군가는 자신도 저런 나무가 되고 싶다며 롤 모델로 삼기도 한다. 하지만 보이는 것으로는 그 성공의 진면목을 전부 알 수 없다.

나무 밑동 아래 감춰져 있는 것은 당사자 외에는 아무도 모르기 때문이다. 어두운 땅속에서 고군분투하며 이긴 만큼 뿌리를 내려야 양분을 받아 성장할 수 있다. 그 과정은 결코 순탄치 않다.

나무에서 가장 중요한 것은 '뿌리'다.
수많은 실패를 겪어도 나를 지탱해줄 정신력만 있다면
언제든 다시 줄기와 잎을 틔울 수 있다.

人

삶의 가치를 생각할 때

사
랑

1. 저마다 의미가 다르다.

2. 수많은 말로도 정의할 수 없다.

3. 알다가도 모르겠다.

4. 차가운 면이 드러날 때도 있지만 그 안에는 언제나
   따뜻함이 공존한다.

상념들

과학자들의 연구에 따르면 사람은 하루 평균 1만 2,000
~6만 가지 생각을 한다고 한다. 수치로 확인하니 그저 놀
라울 따름이다. 실제로 생각은 도무지 어디가 시작인지
헤아리기조차 힘들 정도로 꼬리에 꼬리를 물고 잠이 드
는 순간까지 쉼 없이 이어진다. 아무리 떼어내려 해도 그
림자처럼 따라붙는 고민, 괜찮다 싶다가도 예고 없이 찾
아오는 번뇌, 그날그날 실현하거나 해소하고 싶은 욕구,
오감을 통해 흘러 들어오는 잡념까지 모두 생각 안에 포
함되어 있다.

사실 우리 뇌로서는 이 모든 생각들을 붙잡아두는 것이 불가능하지만, 내 안에서 피어오른 상념들에는 각자의 의미가 있다. 작은 생각 하나하나가 모여 우리를 움직이게끔 하는 가치가 되고, 나아가 인생이라는 흰 도화지를 채워갈 수 있도록 해준다. 서양 근대철학의 창시자인 르네 데카르트René Descartes는 '나는 생각한다, 고로 존재한다'는 유명한 명제를 통해 존재의 확실성을 표현했다. 너무 많은 생각이 우리를 괴롭힌다 해도 우리는 바로 그 생각을 통해 각자의 존재를 증명하기도 하는 것이다. 나라는 존재를 어떤 생각으로 채워나갈지 깊이 고민해볼 일이다.

생각하는 대로 살지 않으면
결국 사는 대로 생각하게 된다.

폴 부르제Paul Bourget

상상력

세상의 모든 것이 신기하고 궁금했던 어린 시절에는 만화영화의 주인공이 되는 것처럼 현실에서는 일어날 수 없는 꿈같은 일들만 머릿속에 그렸다. 그러나 어른이 되고 나서는 경험을 토대로 예측 가능한 일들만 주로 머릿속에 떠올린다. 나이가 들면서 세상의 많은 것이 현실로 익숙해지는 만큼, 샘물처럼 샘솟던 호기심과 얼토당토않던 상상력도 점점 잃어가는 것이다.

그런데 작가 조앤 롤링Joan K. Rowling은 타고 있던 기차가 4시간 지연되는 동안 마법사 학교에 다니는 한 어린 소년을 생각하면서 그 유명한 《해리포터》 시리즈의 세계관을 만들었다고 한다. 남편과 이혼하고 혼자 아기를 키우던 어려운 시기에 말이다. 그토록 광활한 세계관의 시초가 되는 아이디어를 단 4시간 만에 떠올렸다니 정말 놀라운 상상력이다. 때로 상상력의 힘은 시간과 물리의 경계를 넘어선다.

사실 아주 오래전부터 사람들은 상상력이란 개념을 인지하고 있었다. 영어로 상상imagination을 뜻하는 단어는 라틴어 이미지imago에서, 한자어 상상想像은 기원전 코끼리의 커다란 뼈를 보고 사람들이 원래의 형상을 떠올리는 데서 유래되었다고 한다. 수많은 이들의 상상이 그저 헛된 생각에 그치기도 했지만, 현실로 이뤄진 상상들은 지금 우리가 살고 있는 세상의 발전을 이끌었다. 그러니 현실과 상상을 완전히 동떨어진 것이라고 할 수만은 없다. 또, 상상력이 세상모르는 어린아이만의 것이라고 할 수도 없다. 성인이었던 롤링의 상상력이 전 세계 수많은 어린이에게는 꿈을 심어주고 어른에게는 위로가 되어주었던 것처럼 누군가는 황당하고 가치 없는 생각이라고 할지 모르는 상상들이 더 나은 내일을 만들지도 모르니 말이다. 오늘도 어디선가 누군가는 상상하고 있다. 다가올 미래에 펼쳐질 세상을 말이다.

상상력이 지식보다
더 중요하다.

아인슈타인

●

생일

우리는 처음 세상 빛을 본 날을 '생일'로 정해 매년 기념한다. 이때 케이크에 초를 꽂고 불을 붙인 후 소원을 빌면서 촛불을 불어 끄는 의식은 고대 그리스인들이 여신 아르테미스에게 둥근 달 모양의 케이크를 공물로 바치는데서 유래했다. 그러고 보면 어두운 공간에서 반짝이는 촛불이 밤하늘에 떠 있는 달빛이나 별빛과 참 닮은 듯하다. 미래에 대한 염원을 담아 촛불을 끄는 순간에는 자신이 현재 살아 있음을 강렬하게 느낀다. 인생에서 이처럼 오랫동안 의미를 갖는 기념일이 있을까. 생일이란 내가 세상에 존재함을 축하받음으로써 내 삶의 의미를 다시금 생각해볼 수 있게 해주는 날이다.

선
의

체코 태생 독일 사업가였던 오스카 쉰들러Oskar Schindler는 1939년 나치 당원이 된 후 사업을 위해 폴란드로 갔다. 그곳에서 그는 식기 공장을 세우고 무임금으로 유대인 노동자들을 부렸다. 공장은 갈수록 커졌고 부유해졌지만 독일인들의 만행과 끔찍한 학살 현장을 목격한 쉰들러는 양심의 가책을 느끼고 고민에 빠졌다.

1944년 제2차 세계대전 중 독일은 연합군에게 패색이 짙어지자 수많은 유대인을 아우슈비츠로 이송하기 시작했다. 바로 나치에 의해 유대인 400만 명이 학살된 바로 그곳이다. 그때 쉰들러는 자신의 양심에 따르기로 결심했다. 약 1,100명에 달하는 유대인을 명부에 적어 전 재산을 들여 보호하기로 한 것이다. 과거 행적을 떠나 이 많은 생명을 구한 그의 행동은 분명 선의였다. 그로부터 50년이 흐른 뒤 그의 이야기를 각색한 영화 〈쉰들러 리스트〉가 개봉했다. 엔딩 크레디트가 올라갈 즈음 그에게 은혜를 입은 이들이 쉰들러의 무덤에 조심스레 돌을 얹어주는 장면이 깊은 울림을 줬다.

인간의 본성이 선한가 악한가에 대한 관점은 가치관이나 종교에 따라 제각기 다르다. 다만 보이지 않는 수많은 선의가 온갖 악의에 대항해왔기에 지금에 이르렀다는 것은 알겠다. 때로 눈앞에 마주한 현실이 한없이 차게만 느껴질 때가 있다. 하지만 아무리 꽁꽁 언 한겨울의 얼음도 봄의 햇살 아래에서는 녹기 마련이다. 차갑게 얼어버린 마음을 녹여줄 온기가 이 세상 어딘가에 분명 존재한다는 사실을 떠올린다면, 내가 누군가에게 그런 온기가 되어주고자 한다면 세상은 조금 더 따뜻해질지도 모른다.

선택과 집중

세계적인 성악가 루치아노 파바로티Luciano Pavarotti는 고등학교를 졸업하면서 비교적 안정적이고 확실한 길인 '교사'와 불확실한 길인 '성악가'를 두고 고민했다. 마음 같아서는 두 가지 모두 하고 싶었지만 동시에 두 개의 의자에 앉을 수는 없기에 성악가의 길을 택했다. 그리고 훗날 '세계 3대 테너'가 되어 자신의 선택이 틀리지 않았음을 멋지게 증명해 보였다.

인생은 선택의 연속이다. 우리도 매일 크고 작은 선택의 순간을 마주한다. 여건이 된다면 두 마리 토끼를 모두 잡는 것도 좋겠지만, 시간과 능력이 한정되어 있는데 욕심을 부린다면 둘 다 놓치게 될 확률이 크다.

무언가를 빨리 이루기 위해서
때로는
과감한 '선택'과 '집중'이 필요하다.

성공과 실패

얼마 전 온라인 뉴스 기사를 보다가 결론에서 멈칫했다. 유망주인 한 스포츠 선수가 생애 처음으로 출전한 세계 대회에서 간발의 차로 입상에 실패했다는 기사였다. 기사에는 '아쉽게도'라는 전제가 붙어 있었지만 결국에는 '실패'라는 결론이 따라붙었다. 하지만 그것이 정말 실패라고 볼 수 있을까? 입상은 하지 못했을지언정 그 선수는 첫 출전에서 탁월한 기량과 충분한 가능성을 보여줬는데 말이다. 실패와 성공이라는 것은 누가 결정하는 것일까?

오늘도 수많은 사람이 성공을 갈구한다. 그럼에도 성공과 실패에는 명확한 기준이 없다. 그 때문에 1등을 하거나 세상이 정해놓은 기준 안에 들지 않으면 실패했다고 쉽게 말한다. 하지만 걷지도 못하는데 뛸 수 있는 사람은 없듯이 성공이라는 목적지에 도달하기까지는 크고 작은 실패의 과정이 존재한다. 2010년 밴쿠버 동계올림픽 피겨스케이팅 여자 싱글 부문 금메달리스트인 김연아 선수도 '점프의 교과서'라는 말을 듣기까지 빙판 위에서 무수히 넘어지는 시간을 보냈다. 그렇게 우리는 누구나 나름의 작은 성공과 실패를 반복하며 살아간다. 1등이라는 스포트라이트에 가려진 작은 성공과 실패야말로 성공의 실체인지도 모른다.

그런데 우리는 성공하는 법을 배우고 싶다고 말하면서도 이 과정은 외면한 채 1등이라는 목표만 보고 있는 듯하다. 무엇보다 성공의 기준은 '내'가 되어야지 '타인'을 잣대로 삼으면 안 된다. 타인을 잣대로 한 성공은 어떻게든 경쟁에서 이겨야 하니 뒤처지는 순간부터 삶이 고달파질 수밖에 없다. 비교에서 오는 우월감이 아니라 진정으로 내 마음에서 우러나오는 성취감이 진짜 성공이다. 성공은 쟁취해야 하는 트로피가 아니라 부단히 노력하도록 목적지를 가리켜주는 일종의 이정표인 셈이다.

영원한 성공도 실패도 없는 것처럼
영원한 1등도 꼴찌도 없다.
그저 우리는 작은 성공과
실패 사이를 오가며 목적지에
다가가는 중이다.

성찰

"너는 참 재밌는 사람이야."

"진지하신 분 같아요."

사람은 타인이 '나'를 인식하고 판단한 말을 무의식중에 남겨둔다고 한다. 그래서인지 어떤 때는 내가 정말 재밌는 사람처럼 느껴지다가도, 어떤 때는 웃음기는 쏙 빠진 진지한 사람처럼 느껴진다. 사실 이 판단들은 모두 맞기도 하고, 틀리기도 하다. 어제는 허물없이 지내는 이들에게 재밌게 비쳤다면 그것은 그들 앞에서 보여준 '어제의 나'이며, 격식을 차려야 하는 오늘의 만남에서 진지하게 비쳤다면 그것은 '오늘의 나'인 것이다.

또 다른 사람 앞이라면, 다른 상황이나 기분이라면 '내일의 나'는 또 어떤 모습을 보여줄지 모를 일이다. 이렇듯 우리는 쉽게 다른 사람의 외면이나 보여지는 상황만을 보고 상대방의 내면을 쉽게 판단하면서도, 정작 자기 자신이 어떤 사람인지에 대해서는 쉽게 설명하지 못한다.

나는 어떤 사람일까?

만일 자기 자신이 어떤 사람인지 알지 못한다면 남들이 판단을 내리는 대로, 다른 사람에게 비치는 대로 살아가다가 빈 껍데기만 남을지도 모른다. 자신에 대한 끊임없는 성찰이 필요한 것은 그런 이유에서다. 음악을 틀고 명상을 하든, 인간의 내면 심리에 대해 알 수 있는 심리학 책을 읽든, 내 진짜 마음을 마주할 의지가 생긴다면 어떤 방법이든 좋다. 그러고는 천천히, 온전히 나에게만 집중해 보는 것이다.

미처 깊이 생각해볼 틈이 없어 그 순간에는 그냥 흘려보냈지만 어쩐지 마음에 남아 있는 일들, 지금의 내가 되기까지의 과정, 제대로 아물지 못한 채 흉터가 남아 버린 상처, 세상이 원하는 것과 내가 원하는 것 사이에서의 갈등과 조율, 타인과의 관계 속에서 잃어버린 나… 겉모습 아래 감춰져 있던 모든 '자아'를 하나하나 세세히 알아가는 시간을 통해서만 비로소 진짜 내 모습을 알게 된다.

스승과 제자

송나라 시대 불경인 〈벽암록〉에는 줄탁동시啐啄同時라는 말이 나온다. 병아리가 알을 깨고 나오기 위해서는 밖에 있는 암탉과 알 속의 병아리가 껍질을 동시에 쪼아 깨뜨려야 한다는 뜻이다. 이때 암탉이 가르침을 주는 스승이라면 깨우침을 얻어 알을 깨고 나오는 병아리는 제자다. 인생에 마치 다시 태어나는 것과 같은 큰 영향을 줄 수 있을 만큼 아낌없이 가르침을 주는 사람은 드물기 때문에 그런 스승을 만나는 일은 정말 엄청난 행운이다.

훌륭한 스승 밑에 뛰어난 제자가 있다. 또 그 제자가 다시 훌륭한 스승이 된다. 실제로 소크라테스, 플라톤, 아리스 토텔레스, 알렉산드로스 대왕은 나열한 순서대로 사제지 간이다. 누구나 이름만 들어도 아는, 고대 서양 역사에서 가장 빛나는 인물들이라 놀라울 따름이다. 스승의 가르침 을 제자가 그대로 이어받아 계승하고 발전시키거나 이를 토대로 자신만의 새로운 사상을 만들었기에 가능한 일이 었다.

처음부터 모든 걸 알고 태어나는 사람은 없다. 걸음걸이, 말, 생활 습관까지 누군가 가르쳐줘야만 익힐 수 있다. 그 러고 보면 우리는 모두 누군가의 제자였던 셈이다. 만약 내가 지식이든 기술이든 무언가를 가르쳐줄 수 있는 위 치에 있다면 나누기를 아까워하지 말자. 나를 스승으로 삼은 제자들이 또 누군가의 스승이 되고 그렇게 이 세계 는 앞으로 나아갈 것이기 때문이다.

습관

아리스토텔레스Aristoteles는 말했다. 어떤 인간의 탁월함은 그가 보여주는 일회적인 천재성에 있는 것이 아니라 그가 천재성을 발휘하기까지의 과정, 즉 반복성에 있다고. 또 습여성성習與性成이라는 말도 있다. 습관이 쌓이다 보면 그 사람의 천성이 된다는 뜻이다. 세 살 버릇이 여든까지 간다는 속담처럼 인지능력이 생기는 아이 때 만들어진 버릇은 평생을 그림자처럼 따라다닌다. 약속 시간을 대수롭지 않게 여겨 매번 지각을 하거나 나태함이 몸에 배어 매사에 뜨뜻미지근한 태도를 보이는 사람들을 보면 그 사실을 실감할 수 있다. 모두 뼈를 깎는 노력을 하지 않고서는 고치기 힘든 습관들이다. 더구나 그런 나쁜 습관을 스스로 인지조차 못한다면 인생에서 매번 똑

같은 문제로 곤란을 겪을 수밖에 없다.

의식했든 의식하지 못했든 지금껏 우리가 꾸준히 해왔던 어떤 행동에는 습관이 높은 비중을 차지한다. 듀크대학교 연구진의 논문에 따르면 우리의 행동 중 40퍼센트는 의사결정이 아니라 습관의 결과라고 한다. 따라서 자신을 더 나은 방향으로 변화시키기 위해서는 지금부터라도 나쁜 습관을 하나하나 바꿔나가야 한다. 이미 오랜 세월 반복되어 천성이 되어버린 습관을 바꾸기 힘든 건 누구나 마찬가지다. 하지만 반대로 말하자면, 작은 것이라도 매일 반복하면 바꾸지 못할 것이 없다는 뜻이기도 하다. 나라는 사람과 인생, 운명까지도. 습관은 때에 따라서는 한 사람이 쌓아온 인격을 보여주는 단면이 되기도 하지만 또 어떤 때는 그 사람의 운명을 바꾸는 수단이 될 수도 있는 것이다.

오늘부터 나쁜 습관을 버린다면 미래의 나는 분명 다른 '내'가 될 수 있다.

무엇이든 반복해서
행한 것이 모여 우리 자신이 된다.
그러므로 탁월함은
행동이 아니라 바로 습관이다.

아리스토텔레스

●

식사

"밥은 먹었니?"
"밥 한번 먹자!"
"오늘 점심은 뭐 먹었니?"
"저녁은 뭐 먹어?"

우리말에는 유독 '밥'과 관련된 인사말이 많다. 식량난에 시달리던 과거와 달리 현대에는 전 세계의 다양한 음식을 쉽게 접할 수 있게 되었지만 안부를 물을 때조차 '밥'과 관련된 언어를 습관적으로 사용한다는 것은 그만큼 식사를 중요하게 생각한다는 의미일 것이다.

'우울할 때는 고기 앞으로', '퇴근길 치맥' 등 음식 앞에 붙는 수식어만 살펴봐도 고단해져 가는 삶에서 맛있는 음식이 얼마나 큰 위안거리인지 알 수 있다.

실제로 하루 중 상당 부분을 차지하는 것이 식사 시간이다. 매일의 식사 시간에 무엇을 먹을지 고민하는 것이 하나의 즐거움이 되기도 한다. 맛집을 찾아가 줄을 서고, 요리 연구가의 유행하는 레시피에 따라 직접 요리를 하는 것도 그 연장선에 있다.

요즘에는 행복해지기 위해서 매일 일상에서 느낄 수 있는 작은 즐거움을 찾아보라는 말을 자주 한다. 우리가 느끼는 오감 중 미각만큼 매일, 즉각적으로 느낄 수 있는 즐거움이 또 어디 있을까?

때로는 누구도 줄 수 없는 위로를 음식이 준다.

신념

스페인 작가 미겔 데 세르반테스Miguel de Cervantes의 소설 《돈키호테》에서 주인공인 정의의 기사 돈키호테는 자신의 이상을 실현하기 위한 모험을 떠난다. 주변 사람들은 그가 현실을 모르는 이상주의자라며 조롱했지만, 돈키호테는 그런 말에는 전혀 아랑곳하지 않는다. 무엇이 진짜고 가짜인지 구분되지 않는 현실 속에서 적어도 그가 품고 있는 신념만큼은 진짜 같아 보인다.

우리는 누군가 역사적인 인물을 기억할 때도 그 사람이 갖고 있던 신념을 함께 떠올린다. 이단으로 몰려 재판을 받으면서도 '그래도 지구는 돈다'며 꿋꿋이 지동설을 믿었던 갈릴레오 갈릴레이Galileo Galilei의 과학적 신념, 우생학 이론 아래 셀 수 없이 많은 유대인과 장애인을 학살한 아돌프 히틀러Adolf Hitler의 비과학적 신념. 오랜 세월 그 사람과 함께한 신념은 그것이 옳든 그르든 점점 단단해진다. 그러니 어떤 사람을 기억할 때 그 사람의 가치관이나 신념을 함께 떠올리는 것은 당연한 일인지도 모른다. 신념은 인간이 가질 수 있는 그 무엇보다 단단하기 때문이다.

"신념은 총알로도 뚫을 수 없어."

영화 〈브이 포 벤데타〉 중에서

•

아픔을 이겨내고 싶을 때

안녕하다

우리말에 '안녕'이란 말이 있다. 아무 탈 없이 편안한 상태를 뜻하는 단어다. 그런데 우리는 사람을 만날 때마다 "안녕하세요"라고 인사하면서 이 단어를 일상의 언어로 사용한다. 우리가 누군가에게 건네는 안녕하라는 인사말에는 그 말을 듣는 이들이 편안하길 바라는 마음이 깃들어 있는 것이다. 세계보건기구World Health Organization, WHO에서도 건강은 단순히 질병이나 육체적인 쇠약의 문제가 아니라 정신적·사회적으로도 완전히 '안녕'한 상태라고 정의한다. 결론적으로 안녕이란 몸과 마음이 모두 건강한 상태를 의미한다고 볼 수 있다.

건강한 신체에 건강한 정신이 깃든다. 이 말은 내가 평상시 버릇처럼 하는 말 중 하나다. 육신이 아프면 판단력이 떨어지고, 정신적으로 힘들면 기력을 잃게 되고, 사회적 기능이 제대로 작동하지 않으면 개인의 안위도 보장받지 못한다는 것을 경험했기 때문이다. 어쩌면 고난과 스트레스의 연속인 우리의 일상에 완벽히 안녕한 삶은 존재하지 않을지도 모른다. 그렇다면 우리 삶에서 안녕하다는 것을 무엇을 의미할까? 내가 나로서의 신념과 판단력을 갖고 어떤 상황에서든 흔들림 없이 삶의 고난을 헤쳐나갈 수 있는 상태를 뜻할 것이다.

사실 우리를 둘러싼 상황이라는 것은 시시각각으로 바뀐다. 때로는 나의 의지와 상관없이 외부적인 요인으로 인해 시련이 올 때도 있고, 반대로 내 마음으로부터 시련이 시작될 때도 있다. 그러니 우리가 상대의 안녕을 바랄 때는 바깥에서 그의 마음을 흔드는 일이 없기를, 또 그의 내면이 스스로의 상념 탓에 고통받지 않기를 모두 염원하는 것일 테다.

이 글을 읽는 당신도 안녕하길.

건강한 신체에
건강한 정신이 깃든다.

유베날리스 Juvenalis

●

엮
다

약속은 우리의 영혼을
엮는 행위다.

우리는 약속할 때 흔히 각자의 새끼손가락 두 개를 구부
려 엮듯이 엮는다. 이렇게 하면 '정신이나 영혼이 강하게
엮인다'는 설에서 비롯된 행동이라고 한다. 단순한 제스
처지만 무거운 의미가 담긴 셈이다.

가만 생각해보면 우리 삶은 약속의 연속이다. 결혼식 때
는 서로의 마음을 서약으로 남기고, 목표를 정하거나 무
언가를 결심할 때도 나 자신과 약속을 한다. 물론 이런 약
속들은 여러 사정으로 인해 다 지켜지지는 못한다. 오죽

하면 나폴레옹도 약속을 지킬 수 있는 유일한 방법은 애초부터 하지 않는 것이라 했을까. 그렇기에 누군가 사소한 약속이라도 소중하게 여기고 지키려 노력하는 모습을 보면 그 사람 자체를 신뢰하게 되는 것 같다.

약속을 할 때 꼭 손가락을 걸지 않더라도 그 행위에 담긴 의미는 한 번씩 되새겨보면 어떨까. 약속이 상대의 마음과 내 마음을 엮는 것이라고 생각하면 약속을 좀 더 소중히 여기게 될 것이다.

여유

정신적으로 힘들 때는 온갖 감정에 지배당한 채 하루가 지나가고, 물질적으로 힘들 때는 돈을 버는 데 깨어 있는 모든 시간을 쏟아야 한다. 살면서 오롯이 나를 위해 쓸 수 있는 시간은 어느 정도일까? 10대 때는 학교에서, 성인이 된 이후에는 일터에서 대부분의 시간을 보내는 우리에게 쳇바퀴처럼 흘러가는 일상을 벗어나기란 여간 어려운 일이 아니다. 급할수록 돌아가라는 말도 있다지만 요즘처럼 경쟁이 치열한 시대에는 그런 여유를 부리는 것조차 사치처럼 느껴진다.

여유란 내 의지대로 사용할 수 있는 시간을 말한다. 그 시간을 아무것도 하지 않고 온전히 휴식하며 보낼 수도 있고 이런저런 고민거리에 대해 생각하거나 취미 생활 또는 자기계발을 하는 데 쓸 수도 있다. 어떻게 사용하든 여유 시간이 줄어든다는 것은 결국 내 삶에서 내가 능동적으로 쓸 수 있는 시간이 줄어든다는 것을 의미한다. 글을 쓸 때 단락을 나누듯 우리의 삶도 여백들로 인해 더 풍성해지는데, 여유 시간이 줄어드니 삶도 팍팍해질 수밖에 없다.

실제로 태도에 여유가 배어 있는 사람들은 마음도 넉넉하고 아이디어가 넘쳐 주변에 늘 사람과 기회가 몰려든다. 반면 여유가 없는 사람들은 다른 이의 말을 경청하지 못해 고립되거나 주변을 살피지 못하고 앞으로만 나아가다가 예상치 못한 난관에 부딪히기도 한다. 결국 급할수록 돌아가라는 옛말이 하나도 틀리지 않은 듯하다. 아무리 바쁘다 해도 온전히 나를 위한 여유를 가질 수 있어야 삶이 더 풍요로워지니 말이다.

한가한 시간은
둘도 없는 재산이다.

소크라테스

여행의 이유

영화 〈모터싸이클 다이어리〉는 혁명가로 잘 알려진 체 게바라Che Guevara가 의대 졸업을 앞두고 친구와 함께 남미 대륙을 횡단하는 이야기를 그린다. 그는 낡은 오토바이에 짐 약간과 기대를 한가득 싣고서 드넓은 평지를 질주한다. 언제나 말썽인 오토바이는 여행 중에도 수시로 문제를 일으키지만, 그는 불평 한번 하지 않고 몇 번이고 다시 고쳤다. 그러던 어느 날, 여행 내내 함께했던 오토바이가 수명을 다해 정말 떠나보내야 하는 순간이 찾아온다. 사람이 아닌 사물에도 함께한 시간만큼 추억이 쌓여서인지, 트럭에 오토바이를 싣고서 "그리울 거야"라는 말을 건네는 그의 얼굴이 괜스레 슬퍼 보였다.

여행의 묘미는 아쉬움과 설렘이다. 아주 잠시 머문 곳이라 해도 아쉬움이 남기는 마찬가지다. 때로는 다음 목적지로 가기 싫을 만큼 매혹적인 곳을 만나기도 한다. 하지만 새로운 곳에 대한 설렘은 우리를 다음으로 나아가게 만든다. 새로움은 언제나 우리를 자극하며 더 넓은 세상으로 인도한다. 여행을 마친 체 게바라도 그랬다. 다음으로 또, 그다음으로. 새로운 세상을 본 그의 행보에는 거침이 없었다. 이 여행 이후 쿠바의 혁명을 위해 싸우며 그가 보여준 행적은 이념을 떠나 전 세계 사람들에게 회자되고 있다.

때로 여행은 단순히 재충전의 시간으로 끝나지 않는다. 기존에 볼 수 없던 것들을 접함으로써 시야나 식견이 넓어지고 나아가 삶의 지표를 발견하게 되기도 한다. 코로나19 대유행으로 비행기를 타고 훌쩍 떠나 내 발로 다른 세계를 밟아보는 여행의 즐거움은 제대로 누리지 못하게 되었지만, 내 방 안에서도 마음만 먹으면 여행을 떠날 수 있다. 지금 삶의 어딘가가 꽉 막혀 답답하다면, 설렘을 느끼게 해줄 새로운 무엇을 떠올려보는 것은 어떨까.

우산

우산 같은 사람을 만났다고 했다. 그 말에 잠시 머릿속이 멍해졌다. 이때의 우산은 단순히 비 오는 날 쓰고 나갔다가 깜빡 잊고 버스에 두고 오거나 신발장에 넣어둔 채 잊어버리는 우산을 의미하지 않을 것이다. 우리는 흔히 힘들 때 의지한 사람을 '비 오는 날 우산이 되어준 사람'이라고 표현한다. 아마 그 사람도 이런 의미로 쓴 말일 것이다. 평소에는 내 인생에서 큰 비중을 차지하지 못하던 사람이 때로는 '시련'이라는 비가 찾아온 뒤 비로소 새롭게 마음속에 들어올 때가 있다.

프랑스 영화 〈쉘부르의 우산〉은 갑작스레 비가 쏟아지는 장면으로 시작한다. 우산을 챙긴 이들은 허둥지둥 우산을 펼치고, 미처 우산을 준비하지 못한 이들은 그냥 빗줄기를 맞으며 걷는다. 일상에서도 흔히 볼 수 있는 광경이지만, 하늘에서 내려다보는 시점의 영상이 무척 인상적이었다. 화면은 사람의 형상을 철저히 가린 채 타원형의 우산 캐노피만 보여준다. 맑은 날에는 소중히 여기지 않던 무용한 물건이 비가 올 때는 빗줄기를 피할 수 있는 유일한 공간이 되어주는 것이다.

비가 오지 않을 때도 우산의 고마움을 잊지 않았으면 한다. 자신에게 우산 같은 존재가 있다면 힘들어서 기대고 싶은 순간, 위로받고 싶은 순간만이 아니라 밝은 햇살이 비추는 따뜻한 날에도 그 사람을 떠올리고 한 번 더 돌아봐주길.

유레카

깨달음은 지극한 기쁨이다!

일상에서 소위 '멍을 때리다' 보면 엉뚱하고 재밌는 생각
이 불쑥 떠오를 때가 있다. 어떤 사람들은 말한다. 생각이
흘러가는 대로 두라고. 그렇게 흐른 생각이 전혀 새로운
영역의 세상으로 가닿을지도 모른다고. 실제로 이런 생각
이 때로 큰 힘을 발휘하기도 한다. 위기에서 벗어날 기지
가 되기도 하고 사랑하는 사람의 마음을 움직일 로맨틱
한 프러포즈 대사, 면접의 당락을 가를 일생일대의 명언
이 될 수도 있다. 인류 역사상 가장 위대한 발견 중 하나
인 페니실린도 배양접시에 푸른곰팡이가 날아와 우연히
발견되었다고 하는데, 이는 질병으로 인해 수명이 짧았던

인류의 역사를 송두리째 바꿔놓았다.

유레카는 그리스어로 '알아냈다'는 뜻이다. 고대 그리스 수학자이자 물리학자인 아르키메데스Archimedes는 새로 만든 왕관이 순금인지 확인해보라는 왕의 명령을 받았다. 온종일 고심해도 답을 찾지 못했던 그는 될 대로 되라는 식으로 욕조 안에 몸을 뉘였다. 그 순간 물이 흘러넘쳤고 동시에 아르키메데스는 부력의 원리를 깨닫게 되었다고 한다. 번개가 내리치듯 갑작스러운 깨달음이었다. 그는 너무 기쁜 나머지 벌거벗은 채로 "유레카!"라고 외치며 밖으로 뛰어나왔다고 한다. 예상치 못한 깨달음의 희열이 이루 말할 수 없었나 보다.

몇 년 전 '멍 때리기 대회'가 화제가 된 적이 있다. 현대인의 지친 뇌를 쉬게 하자는 의도에서 진행된 행사였다. 풀리지 않는 문제, 해결되지 않는 고민거리가 있어 머리를 감싸고 끙끙대고 있다면 이제 그만 침대에 몸을 뉘여보자. 밖으로 나가 시원한 공기를 마시며 걷는 것도 좋다. 좋은 생각을 하려면 뇌에도 휴식을 줄 필요가 있다.

유행

20세기 들어 재평가 받은 그리스 태생의 스페인 화가 엘 그레코El Greco는 기괴한 묘사와 칙칙한 색감으로 16세기에만 해도 미치광이 소리를 들었다. 미술사의 흐름을 바꿔놓은 거장 파블로 피카소 역시 최초의 입체주의 작품인 〈아비뇽의 처녀들〉을 내놓았을 때 괴상망측하다는 비난을 피하지 못했다. 하지만 그는 세상의 변화를 잘 읽어냈고 이전의 미술 양식을 과감히 버리고 다양한 화풍을 시도했다. 그리고 현재는 20세기 최고의 화가로 평가받고 있다. 이런 피카소가 입체파의 양식을 확립하는 데 그레코의 그림에서 많은 영감을 받았다고 한다. 그레코는 피카소보다도 무려 300년을 앞서간 것이다.

세월은 유수처럼 흘러간다. 그 흐름 속에서 사람들의 의식이 바뀌고 유행은 그보다 더 빠른 속도로 변한다. 만일 우리가 불과 50년 전으로 돌아간다면 어떨까? 지금은 당연하게 여기는 생각과 생활양식, 차림새 등이 그 시대 거리의 사람들에게는 괴이하게 느껴질지도 모른다. 시대마다 고유의 정서와 행동 양식이 존재하기 때문이다. 사업이나 예술이 너무 전통을 고집하거나 반대로 너무 앞서가면 많은 사람들의 인정을 받기 힘든 것도 같은 이치다.

살아 있는 동안 어떤 결과물로 인정받고 성공하고 싶다면 절대로 유행을 우습게 여겨서는 안 된다. 그렇다고 무작정 지금의 유행만 뒤쫓아서도 안 된다. 현재를 바탕으로 가까운 미래를 내다볼 수 있는 혜안을 키워야 한다.

음악

바로크 시대에 작곡된 비발디Vivaldi의 〈사계〉는 클래식 중에서도 우리에게 친숙한 곡이다. 봄과 가을은 평안하게, 여름과 겨울은 격정적으로 계절이 변화하는 과정을 뚜렷이 잘 표현했다. 계절과 함께 흐르는 이 곡은 '봄', '여름', '가을' 그리고 '겨울'에서 끝나는 것이 아니라 겨울의 말미에 또다시 찾아올 새로운 봄을 예고하기 때문에 선율이 끊임없이 이어지는 것 같은 느낌을 준다.

음악도 계절처럼 우리의 일상 속에 스며들어 있다. 때로는 현실과 내면을 이어주는 매개체가 되기도 하고 감정을 더욱 풍성하게 만들어주는 수단이 되기도 한다. 영화나 드라마에 쓰이는 배경음악이 그렇고, 특별한 날 분위기를 더해주는 음악이 그렇다. 그렇게 음악은 추억을 더욱 강하게 만들어준다. 또 흥에 취해 있을 때는 밝고 경쾌한 리듬의 신나는 음악이, 혼자 슬픔에 잠겨 있을 때는 낮고 차분한 멜로디가 우리의 감정을 고조시키기도 한다. 음악에는 우리의 모든 감정이 담겨 있는 셈이다.

음악은 우리 삶에 흐르고 있는

감정의 초상이다.

오체 프란체스코, 황후 엘리자베스, 1858

합스부르크 600년,
매혹의 걸작들

2022.10.25. 화 **─ 2023.3.1.** 수

국립중앙박물관 기획전시실

최 국립중앙박물관 NATIONAL MUSEUM OF KOREA KUNST HISTORISCHES MUSEUM WIEN 한국경제신문

합스부르크 600년,
매혹의 걸작들 :
빈미술사박물관 특별전

유럽을 지배했던 최고의 가문,
합스부르크 황제들이 수집한
매혹의 소장품

2022. 10. 25. –
2023. 3. 1.
국립중앙박물관
기획전시실

Six Centuries of Beauty in the Habsburg Empire

www.habsburg.kr | www.합스부르크.kr

얼리버드
할인 티켓 오픈
2022. 10. 1. –
2022. 10. 24

구매처
인터파크
네이버
Yes24
29cm

본 엽서를
전시기간 중에 가져오시면
소정의 선물을 드립니다

의
문

우리가 알고 있는 동화 〈빨간 모자〉는 소녀와 할머니가 변장한 늑대의 꼬임에 넘어가서 잡아먹혔다가 사냥꾼의 도움으로 살아난다는 이야기다. 하지만 이건 현대에 들어 아이들이 읽기 좋게 각색된 결말이다. 샤를 페로Charles Perrault가 쓴 원작의 결말은 둘 다 늑대에게 잡아먹히는 것에서 끝난다. 저자는 대가 없는 선의일수록 달콤해서 위험하다는 사실을 알려주고 싶었는지도 모른다.

이런 늑대들이 우리 주변에도 우글거리고 있다. 수많은 사람들을 절망하게 한 기획 부동산, 사람의 심리를 교묘하게 이용하는 보이스피싱, 돈부터 영혼까지 탈탈 털어가는 사이비 종교, 자신의 입맛대로 이용하기 위해 선의를 베푸는 척하는 사람까지 우리는 언제 어디서나 달콤하지만 위험한 선의에 노출되어 있다.

대가 없는 선의는 없다는 동화의 결말을 알았다면 그런 선택을 하기 전에 한 번 더 의심했을까? '이 말이 진짜일까?', '왜 내게 이런 걸 베풀까?', '이 사람의 진짜 목적이 뭘까?' 때로는 이렇게 끊임없이 의문을 가지는 것만으로도 나를 지킬 힘을 얻을 수 있다.

의
미

세상 모든 것에 이름이 있다는 것은 모두 저마다의 의미를 품고 태어난다는 뜻 아닐까? 이렇게 생각하며 그 대상의 이름을 떠올려보면 다가오는 의미도 남다르다.

남들이 대수롭게 여기지 않는 것도 그 사람에게는 중요할 수 있고 반대로 모두가 원하는 것이 그 사람에게는 그다지 필요 없을 수도 있다. 그것이 사람이든, 일이든, 물건이든, 피어오르는 여러 감정을 포함해 그 어떤 것이든 내게 의미가 있어야 소중하게 느껴지는 법이다. 희생을 무릅쓰고 헌신하거나 난관에 봉착해도 개의치 않고 노력하는 것은 그만큼 다 의미가 있기 때문이다.

그러니 누군가 내가 보기에 무의미한 일에 진을 빼고 있는 것처럼 보여도 함부로 의미 없는 일이라고 말하지는 말자. 인생의 어느 시절, 누구에게나 자신에게만 소중한 무언가가 있을 테니.

의
지

하루를 살아내는 것과
하루를 살아가는 것에는
엄청난 차이가 있다.

바로 내 삶의 의지를
잃어버리지 않았다는 것이다.

이
불

우리는 인생의 4분의 1 이상을 이불 속에서 보낸다. 오죽
하면 이불 밖은 위험하다는 말까지 나왔을까? 이불이란
잘 때 몸을 덮기 위한 침구로 우리가 자는 동안 체온 유지
를 도와주는 기능을 한다. 한편으로 이불 속이란 공간에
서 우리는 따뜻함과 안락함, 지친 심신이 재충전되는 기
분을 느낀다. 눈을 감고 가만히 누워 있으면 상념이 가득
한 바다에 풍덩 빠진다. 어떤 때는 근심 걱정을 떨쳐낼 수
없어 이리저리 뒤척이기도 하고 어떤 때는 일정한 규칙
없이 상상의 나래를 펼치기도 한다. 간혹 도톰한 이불을
푹 뒤집어쓰고서 억눌러온 눈물을 터뜨려 이불잇을 적시
기도 한다. 그리고 아무 일도 없었다는 듯 포근함에 취해
또 잠이 든다.

인간이라는 행성

인터넷 검색을 하다가 우연히 '태양계 행성들'이라는 사진을 봤다. 어린 시절 과학 시간에 태양계의 행성 순서를 외울 때 사용하던 시청각 자료 같은 사진이었는데, 지금와 다시 보니 꽤 인상적인 부분이 있었다. 수성, 금성, 지구, 화성, 목성, 토성… 저마다 다른 질량과 부피, 색과 특성을 가진 행성들이 일정한 거리를 유지한 채 옹기종기 서 있는 모습이 조화로워 보였다.

문학작품이나 다른 여러 분야의 책에서 한 개인은 하나의 우주라는 비유를 많이 한다. 그런데 인간이 고유의 질량과 부피를 가진 하나의 행성과 같다면, 우리도 서로 부딪히거나 맞닿지 않도록 거리를 둬야 하지 않을까? 많은 사람이 모이는 큰 조직일수록 그렇다. 너무 거리가 가까우면 누군가 소외되거나 선을 넘어 인상을 찌푸리게 하는 장면이 연출되기 마련이다. 친밀감을 가장한 무례한 조언이 그렇고, 한 사람이 주도하는 잦은 사적 모임도 그렇다.

인간관계라는 것은 늘 양면성이 있다. 너무 멀어도 외롭고 너무 가까워도 지친다. 잘 지내기 위해서는 서로 간의 거리를 적당하게 잘 타협하는 것이 중요하다. 행성들처럼 조화를 잘 이루도록 말이다.

인내

신은 우리에게 이겨낼 수 있는 시련을 준다지만 어떤 역
경이든 자신이 버틸 수 있는 한계점이 있기 마련이다. 잠
깐 기대어 앉는 순간 어두운 그림자가 찾아올지도 모른
다. 어쩌면 나를 잃은 것처럼 느껴질 수도 있다. 하지만
완전히 무너져버리지만 않는다면, 시간이 흘러 영원히 지
나가지 않을 것 같은 이 순간도 지나가고 이전보다 단단
해진 나를 만날 수 있다. '지금이 한계는 아닐까?' 하는 생
각이 들 때는 다른 사람들의 인생 이야기를 들어보는 것
이 도움이 된다. 인생은 오르락내리락하는 롤러코스터처
럼 고난과 극복의 연속이라 해도 과언이 아니다. 이 하락
의 끝이 어디인지는 모르지만, 어쨌든 뭐든 버텨내야만
다음이 있다는 사실만은 확실히 알겠다.

이 또한 지나가리라.

랜터 윌슨 스미스Lanta Wilson Smith

•

인정욕구

인정받고 싶은 욕구가 나쁘기만 한 것일까? 누구에게나 타인에게 인정받고 싶은 욕구가 있다. 인정욕구는 타인의 기대에 부응하기 위해, 사회적 가치를 실현하기 위해 혹은 자신의 결핍을 보상받기 위해 노력하게 만든다. 어찌 보면 인간으로서 투쟁하는 삶을 살아감에 있어 인정받고 싶다는 욕구는 하나의 큰 원동력인 셈이다. 동물과 인간의 가장 큰 차이인 '명예' 역시 인정욕구에서 파생되었다고 한다. 그런 점에서 본다면 명예로운 행동을 하기 위한 첫 단계가 인정욕구를 '인정'하는 것 아닐까? 인정욕구에서 벗어나야 한다는 생각이 오히려 인정욕구에 얽매이게 하는지도 모른다.

ㅈ

자신에 대한 확신이 필요할 때

자아

오스트리아 심리학자이자 정신분석의 창시자인 지그문트 프로이트Sigmund Freud는 우리의 정신이 본디 지니고 태어나는 충동인 원초아id, 사회나 도덕적 학습으로 습득해 내면화된 초자아superego 그리고 '원초아'와 '초자아' 사이에서 중재하는 역할을 담당하는 자아ego로 구성되어 있다고 했다. 이 설명을 읽는 순간 나는 선천적으로 타고난 '원초아'보다는 '초자아'와 '자아'가 우리를 좀 더 사람답게 만드는 것이라고 생각했고, 이때 투에고twoego(두 개의 자아)라는 필명을 만들었다.

어쩌면 글을 쓰는 과정은 내면에 있는 또 다른 자아를 꺼내는 시간이나 다름없다. 일상을 살아가는 표면적인 '내'가 아닌 다른 '내'가 되고 싶은 마음이 든다. 물론 자아라는 개념을 바라보는 관점은 저마다 다르다. 최근 읽은 프랑스 사상가 장 폴 사르트르Jean-Paul Sartre 의 저서 《자아의 초월성》에서는 많은 철학자들이 자아를 의식의 거주자라고 여기지만 사실은 자아가 의식의 바깥에 있다는 새로운 가능성을 제시했다. 솔직히 완전히 이해할 수는 없는 말이었지만, 줄곧 자아는 나의 내면에 있다고 믿어왔던 터라 새롭게 다가왔다.

자아는 무엇을 기준으로 생각하는가에 따라 우리의 내면에 있을 수도, 경험과 인식의 범위를 벗어난 초월적인 것이 될 수도 있다. 눈에 보이지 않는 개념을 온전히 이해하기는 힘들다. 자아도 마찬가지다. 정신의 구조를 지도로 만드는 것 자체가 허상이나 다름없기 때문이다. 어쩌면 우리 몸이 무수한 세포로 구성되어 있듯이, 정신도 무수한 자아의 집합체일지도 모른다. 인식할 수 있는 범위 내에 있다고 해도 의식의 주체인 내가 어떻게 관리하고 통제하느냐에 따라 표면적인 내가 되는 것이다.

만일 자아가 각기 다른 음을 가진
무형의 악기라면
삶은 그 자아들이 화음을 만들어
펼치는 하나의 연주다.

투에고 〈상처받은 자아와 치유하는 자아의 이중주〉 중에서

자연과 사색

밀폐된 공간에 오래 있으면 갑갑해진다. 상쾌함을 느끼기 위해서는 창을 열어 탁한 공기를 내보내고 신선한 공기가 들어올 수 있도록 해줘야 한다. 일상도 별반 다르지 않다. 매일 똑같은 일과 사람들에게 부딪히다 보면 자신도 모르는 사이 반복되는 삶에 갇히게 된다. 묵은 감정들을 정화하기 위해서는 새로운 기운을 받을 수 있게 문을 열고 그 공간에서 벗어나야 한다.

마음의 환기가 필요할 때면 나는 주로 자연을 가까이 느낄 수 있는 곳을 찾는다. 사방에 푸르게 펼쳐진 나무 사이로 햇살이 내리쬐고 산들산들 바람이 불어오는 곳. 그런 길을 걷다 보면 복잡한 머릿속이 깨끗하게 비워지는 느낌이 든다. 실제로 수많은 예술가와 철학자들이 산책을 하며 영감을 받았다고 한다. 일상과는 다른 환경에서 오감으로 신선한 자극을 받다 보니 자연은 좋은 사색의 창구가 되기도 한다.

조금만 과거로 거슬러 올라가봐도 도시와 자연의 구분은 지금처럼 명확하지 않았다. 그저 인간은 자연의 일부로서 존재했다. 고대 그리스의 스토아 철학자들은 우리가 자연에 따라 살아야 한다고 말했다. 현대의 많은 문제들이 순응이 아닌 군림을 택함에서 비롯되었기에 이들의 주장은 충분히 공감이 간다.

자연에 반하는 모든 것은
이성에 반하는 것과 같으며
이성에 반하는 모든 것은
불합리하다.

스피노자

자유

프랑스혁명 당시 선포한 인권선언 1조의 첫 문장은 인간의 자유롭고 평등할 권리에 대한 내용을 담고 있다. 불과 몇백 년 전만 해도 이 사회가 그리 평등하지 않았음을 보여준다. 철저한 계급사회에서는 피지배층인 노예로 태어나면 신분 상승의 기회마저 박탈당한 채 평생을 살아야 했고 기본적인 생존권조차 보장받지 못해 열악한 환경 속에 기아와 역병 등으로 고통스럽게 죽어가기도 했다. 이 같은 인권선언문이 나오기까지 얼마나 많은 이들의 희생이 있었는지 다 헤아릴 수 없다. 자유라는 말처럼 가볍고도 무거운 말이 또 있을까? 자유라는 단어를 되뇌어보면 이유 없이 가슴이 뜨거워지는 것은 그런 이유에서인지도 모른다.

인간은 자유롭고 평등한 권리를 지닌다

〈인간과 시민의 권리선언〉 중에서

•

자유가 아니면 죽음을 달라

패트릭 헨리Patrick Henry

•

장마

며칠이고 반복되는 장마의 풍경은 기분까지 가라앉게 만든다. 낮에도 어두컴컴한 하늘과 숨을 들이마실 때마다 폐가 습기로 가득 차는 날들이 연일 이어지는 탓에 장마가 썩 반갑지만은 않다. 그렇다고 모든 비에 단점만 있는 것은 물론 아니다. 오랜 가뭄 끝에 때마침 찾아온 단비일 수도 있고 넘치지만 않는다면 농작물의 생육에도 많은 도움을 준다. 마찬가지로 우리 삶에도 비가 내린다. 살면서 겪게 되는 크고 작은 고난은 매년 때가 되면 어김없이 찾아오는 장마나 다름없다. 인생의 어두운 시기라고 생각했던 그 순간을 무사히 보내고 나면, 장마가 끝난 뒤 오랜만에 스며들 햇살이 더욱 반갑게 느껴질지도 모르는 일이다.

적당한 거리

독일 철학자 아르투어 쇼펜하우어Arthur Schopenhauer의 '고슴도치 딜레마'는 고슴도치들이 추위를 피하기 위해 너무 가까워지면 서로의 침에 찔리게 되고, 그렇다고 너무 멀어지면 다시 추워지는 딜레마에 빠지는 데서 유래한 용어다. 가까이 다가가자니 다칠 것 같아 두렵고, 멀어지자니 외로움을 느끼게 되는 현대인의 인간관계를 비유한다.

그만큼 정서적으로 적당히 친밀한 거리를 유지하는 것이 쉽지 않다는 뜻이다. 심지어 겉으로 보이는 고슴도치의 가시와 달리 우리 마음속 가시의 길이는 제각기 다르고, 눈에 잘 보이지도 않는다. 그러다 보니 용기를 내 조심스럽게 다가가봐도 뾰족한 가시에 찔려 상처 입는 경우가 다반사다. 이때 느낀 아픔의 크기만큼 타인에 대한 방어기제도 커지게 된다.

도대체 사람과 사람 사이의 적정 거리는 얼마일까? 그것을 정확히 수치화할 수는 없겠지만 인간관계에 어느 정도 거리가 필요한 것은 분명한 사실이다. 길가의 나무들만 봐도 서로의 성장을 방해하지 않도록 가지치기를 해줌으로써 적당한 간격을 유지한다. 그런 모습을 보며 가끔 우리는 너무 바싹 붙어 작은 감정까지 모두 나누려 하기 때문에 서로를 지치게 만드는 것은 아닐까 생각한다.

누군가와 친해진다는 것은
서로 상처를 주고받지 않아도 될,
너무 가깝지 않으면서도 멀지도 않은
거리를 찾는 일이다.

절제

끓어오르는 것들은 임계점에 다다르기 전에 가라앉혀야
한다. 머리를 뜨겁게 만드는 분노가 그렇고, 몸과 마음을
뜨겁게 만드는 술이 그렇다. 끓어넘치기 전에 멈춰야 한
다. 말도 마찬가지다. 예부터 구화지문口禍之門이라 해서
입은 재앙의 문이니 말을 내뱉기 전에 다시 한 번 생각하
라고 했다. 군이 하지 않아도 될 말은, 상대방이 받아줄
수 없는 마음은 흘러넘치기 전에 조금씩 거둬야 한다. 욕
망도 마찬가지다. 감당할 수 없을 정도가 되어 넘친다면
거둘 줄도 알아야 한다.

원하는 대로 다 말하고 표현하고 가져도 결코 만족할 수 없다. 오히려 절제의 미를 아는 사람이야말로 자신이 가진 것에 만족하기 쉽다. 가끔 나도 모르게 너무 많은 것을 바라게 된다면 '이만하면 됐다', '이제 충분하다'라고 되뇌는 연습을 해보는 건 어떨까.

정

우리말에 '미운 정'이라는 말이 있다. 미우나 고우나 함께 한 기간이 길어질수록 정이 쌓여 미운 사람도 단순히 밉다고만 할 수는 없다는 뜻인데… 정말 그럴까? 저마다 그 기준이나 깊이가 다르기에 딱 떨어지게 정의할 수는 없으나 정이라는 것이 단순히 좋고 나쁨을 떠나 좀 더 복합적인 감정이라는 것은 알겠다. 활활 타오르다가 금세 식어버리기도 하는 사랑과 달리 정은 시간이 흐를수록 축적된다. 만약 평상시에는 느끼지 못했던 어떤 이의 빈자리가 유독 크게 느껴진다면, 그만큼 정이 깊어진 것인지도 모른다. 그래서인지 이 모호한 감정을 모른 척하기란 정말 쉽지 않다.

ㅈ

정은 서로를 끈끈하게 붙여주는 관계의 접착제다. 한번 끈끈하게 맞붙으면 쉽게 떨어지지 않고 심하게 다툰 뒤에도 그 관계를 지켜주는 역할을 한다.

정의 범위는 사람을 넘어 어떤 장소나 물건, 동물에게까지 넓어진다. 2019년, 서울시 도시 사업의 영향으로 오랜 역사와 추억이 담긴 을지로의 노포들이 사라진다는 기사가 올라왔을 때, 그 소식을 들은 사람들은 마지막으로 추억을 먹고 기억하기 위해 추운 겨울 가게 앞에서 몇 시간씩 줄을 서는 것도 마다하지 않았다. 또한, 어린 시절 소중한 추억이 깃든 물건은 그 물건의 효용성과는 상관없이 버리기가 힘들다. 이런 모습을 보면 정이라는 것은 우리가 살아가는 세상 모든 것에 스며들어 있는지도 모르겠다.

어쩌면 살아가는 일은
세상과 정을 나누는
것인지도 모른다.

정리

정리란 무엇일까? 채운 만큼 비우는 일이 아닐까? 정리는 현재에도 영향을 미치는 과거의 것들을 다가올 미래를 위해 다시 한 번 생각하고 체계적으로 분류한 다음 그중에서 불필요한 것들을 버리는 중요한 행위다. 사람은 저마다 크기가 다른 마음의 방을 갖고 살아간다. 욕심 같아서는 한가득 넣어두기만 하고 싶지만, 공간은 한정적이며 감정과 기억은 쌓을수록 무거워진다. 추억이든, 관계든, 감정이든, 이미 끝나버린 것을 버리지 않고 쌓아만 둔다면 나중에는 발 디딜 틈 없이 가득 찬 공간의 무게가 나를 짓누를 것이다.

여유 공간이 없으면
막상 좋은 기회나 인연이 찾아와도
놓칠 수밖에 없다.
방이든 사람이든 채운 만큼
비워야 한다.

존재하다

내가 '실존한다는 것'은 별로 의심하고 싶지 않다. '나'와 '세계'를 부정하는 순간 우리가 말하는 현실에서 살아가기가 정말 힘들어진다. 어떤 형태든 '나'라는 존재를 자각해야 삶의 주체로서 온전한 '내'가 될 수 있다. 주변을 둘러싼 것들의 흐름에 따라 수동적으로 살면 그저 그 안에 속해 있을 뿐이다. 그러니 끊임없이 자신의 존재에 관해 사유하는 시간을 가져야 한다. 물론 그 누구도 진짜 답은 찾을 수 없겠지만 주관적으로 해석할 수는 있다. 이는 곧 실존에 관한 믿음으로 이어지며, 삶에 대한 강한 의지로 표출된다.

이제는 '내'가 여기 있고
'내'가 존재한다는
사실을 알게 되었다.

전에는 무슨 일을 할 때
'내'가 옆으로 밀려나 있었지만
지금은 '내'가 스스로
하고자 한다.

칼 구스타브 융, 《카를 융 기억 꿈 사상》

존중

모든 존중은
나에게서 비롯되어야 한다.

나를 진정으로 존중할 수 있는 사람이
타인도 그만큼 존중할 수 있다.

주체

당신은 '그 사람'이 될 수 없다.
당신은 당신일 뿐이다.

그러니 누군가가 되려 하기보다는
좀 더 온전한 '내'가 되어야 한다.

ㅈ

준비

링컨 전 미국 대통령은 만일 자신이 8시간 동안 나무를 잘라야 한다면 6시간은 도끼의 날을 갈면서 보낼 것이라고 했다. 아무래도 녹슬고 무딘 날로는 나무가 잘 베어지지 않으니, 날을 가는 데 시간을 더 들이는 것이 효율적이라고 생각한 것이다.

이처럼 어떤 계획을 실행하기에 앞서 더 중요한 것이 '준비'다. 달리기에 비유하자면 출발선 앞에 서서 총성이 울리기까지 수없이 시뮬레이션을 하고 각오를 다지는 것과 마찬가지다. 그러고 나서 최대한의 가속을 받을 수 있도록 자세를 잡는다. 몇 초 사이에 희비가 갈리는 종목에서는 미세한 차이가 결과를 뒤바꾼다.

실제로 1896년 아테네 올림픽에서 토머스 버크Thomas Burke라는 선수가 당시에는 흔치 않았던 웅크린 자세로 출발하는 크라우칭 스타트Crouching start로 금메달을 획득하면서, 이 새로운 스타트법이 보편적인 출발 자세 중 하나로 자리 잡았다. 물론 실력과 운도 따라줘야겠지만, 중요한 순간에는 작은 요소 하나가 결정적인 차이로 작용하는 경우가 많다.

나는 준비 없이 어떤 일을 맞이하면 불안감이 앞선다. 시간이나 기회도 마찬가지다. 우리 의지와는 상관없이 움직이는 것들을 잡기 위해서 언제든 충분한 준비를 하고 있어야 하지 않을까?

준비하지 않는다는 것은
실패할 준비를 하는 것이다.

벤자민 프랭클린Benjamin Franklin

•

지혜

고대 그리스 철학자 아리스토텔레스는 《형이상학》에서 앎의 최상 단계를 '지혜'라고 말했다. 그는 다양한 앎의 형태를 감각, 기억, 경험, 기술 순으로 구분했다. 이 중에서도 경험과 기술에 대해 중점적으로 다루며, 기술의 특징을 지혜의 본질과 연결 지어 설명했다.

철학Philosophy의 어원도 '지혜를 사랑하는 마음'이라는 뜻을 가진 고대 그리스어 필로소피아φιλοσοφια에서 유래되었다고 한다. 도대체 지혜가 무엇이기에 수천 년에 걸쳐 수많은 이들을 사색에 빠지게 만든 것일까? 국립국어원 표준국어대사전에는 지혜가 '사물의 이치를 빨리 깨닫고 사물을 정확하게 처리하는 정신적 능력'으로 정의되어 있는

ㅈ

데 이것도 추상적으로 느껴지기는 마찬가지인 듯하다.

지혜로워지고 싶은 마음에 여러 책을 들춰봐도 그 뜻은 글로 배운다고 다 이해할 수 있는 것이 아니었다. 철학자나 명사의 몇 마디 말의 진정한 깊이를 아는 데는 수 년이 걸릴 수도 있고 평생을 걸쳐도 알지 못할 수도 있다. 바쁜 삶에 치여 살다 보면 뛰어난 철학자들의 지혜를 온전히 내 것으로 만드는 데 한계를 느낀다. 그래도 저마다의 삶을 살아오면서 여러 감각으로 얻게 된 가치관이나 철학은 존재할 것이다. 어쩌면 그것이 그 사람만이 가진 삶의 지혜 아닐까.

과학은 정리된 지식이며
지혜는 정리된 인생이다.

임마누엘 칸트Immanuel Kant

지혜로운 사람은
다른 누군가 되려 하기보다는,
온전한 내가 되기 위해 노력한다.

ㅊ

처음 시작할 때

초 연 함

한단지몽邯鄲之夢이라는 말이 있다. 심기제沈旣濟가 지은 《침중기枕中記》에 나온 말이다. 당나라 현종 때 여옹이라는 도사가 한단이라는 곳의 어느 주막에서 쉬고 있었다. 이때 노생이라는 젊은 사람이 들어와 신세 한탄을 하다가 여옹의 베개를 베고 잠깐 잠이 들었는데, 꿈속에서 온갖 부귀영화와 영욕을 누리고 80세의 나이로 죽음까지 맞이하고는 깨어났다고 한다. 그런데 그 시간이 현실에서는 고작 메조로 밥을 짓는 동안이었다는 것이다. 얼떨떨한 표정을 짓고 있는 노생에게 여옹은 "인생이란 다 그런 것"이라며 웃었다고 한다. 인간의 세속적인 욕망이 덧없음을 알려주는 노생의 일화는 욕망 앞에서 초연함이 필요하다는 사실을 잘 보여준다.

매스컴은 온갖 감언이설과 화려한 이미지로 인간의 욕망을 자극하고, 성공하고 싶은 많은 사람들은 입을 모아 욕망이 중요하다고 말한다. 하지만 사회적으로 성공했다고 여겨지는 사람들의 대부분은 말년에 의외로 '욕망을 덜어내는 것'의 중요성에 대해 말한다. 왜 추구하는지를 모른다면, 욕망이 우리에게 가져다줄 득보다는 실이 더 많을 수도 있다는 것이다. 욕망을 더하는 것보다 덜어내는 것이 중요하다면, 우리가 진정으로 덜어내야 할 것은 무엇인지, 더해야 할 것은 무엇인지를 먼저 알아야 하지 않을까?

덜어낼 만큼 덜어내고 나면,

우리가 무엇을 놓치고 있었는지 보일 것이다.

충전

우리 몸에도 매일 충전이 필요한 배터리가 있다. 제때 충전하지 않으면 방전이 되어버린다. 지나치게 많은 사람을 만나거나, 지나치게 많은 에너지를 갑자기 쏟아냈을 때는 더 빨리 배터리가 닳아버린다. 만약 어느 날 갑자기 무기력한 기분이 들거나 아무것도 하고 싶지 않다는 생각이 든다면 그것은 방전 위기라는 신호다. 그럴 때는 무기력한 감정을 느끼는 자신을 탓하며 이미 힘든 나를 또 채찍질하기보다 잠깐이라도 편히 아무것도 하지 않을 수 있는 장소를 찾는 편이 낫다.

어둑해진 밤, 녹초가 되어 집으로 돌아오면 허겁지겁 누울 자리부터 찾는다. 잠시 소파에 기대어 드디어 찾아온 혼자의 시간을 만끽하다가 침대에 몸을 누이면 그제야 완전한 휴식 속에 빠져든다.

충전이란 캐리어를 끌고 여행을 떠나고 레저를 즐기는 것이 아니라 그저 지금 창밖에 보이는 풍경을 바라보며 가만히 앉아 있는 그 시간인지도 모른다.

친구

친구와 관련해 전해지는 유명한 고사가 하나 있다. 바로 관포지교管鮑之交의 주인공, 춘추전국시대 제나라의 관중과 포숙아의 이야기다.

포숙아는 살림이 어려운 집안에 형제까지 많아 늘 궁핍했던 관중을 물심양면으로 도왔다고 한다. 또 일찍부터 그의 재능을 알아보고 귀하게 여겼다. 훗날 둘은 같은 때 관직에 나아가게 되었는데 뜻하지 않게 정적이 되고 만다. 관중은 첫째 왕자 편에, 포숙아는 둘째 왕자 편에 서게 된 것이다. 이어진 권력 쟁탈전에서 첫째 왕자가 패하고, 그를 지지했던 관중은 사형 위기에 처했다. 이 소식을 들은 포숙아는 자신의 군주에게 달려가 천하를 호령하려면 반드시 관중이 필요하다며 그를 살려달라고 간청했다. 결국 충신인 포숙아의 말을 받아들인 둘째 왕자는 관중을 재상의 자리에 앉혔다. 이후 관중은 제나라를 부강하게 만드는 초석을 다졌으며 역사에 그 이름이 오래도록 남아 있다. 그리고 관중과 포숙아 두 사람의 이름은 2,000년이 넘게 지난 지금도 관포지교라는 말과 함께 전해지고 있다.

어릴 때는 같이 어울리는 또래의 아이들을 모두 친구라고 불렀다. 그러다가 성인이 되면 한두 살 내의 비슷한 터울에서 공간과 시간을 공유하며 친밀한 관계를 맺는 이들을 친구라고 한다. 하지만 그중에서 '진짜 친구'라고 자신 있게 말할 수 있는 사람은 일생에 몇이나 될까. 불가에서는 친구 중 꽃이 필 때만 찾아오는 화우花友나 이익의 무게에 따라 움직이는 칭우秤友는 많아도, 땅처럼 변함없는 마음으로 지지해주는 지우地友는 손가락에 꼽을 정도라고 말한다.

진정한 친구가 단 한 명이라도 있다면 성공한 인생이라는 말의 의미를 나이를 먹을수록, 시간이 흐를수록 절실히 깨닫게 된다.

설명하지마라.
친구라면 설명할 필요가 없고,
적이라면 어차피 당신을 믿으려
하지 않을 것이다.

앨버트 허버드 Elbert Hubbard

친밀함

태어나서 한 번도 사자를 본 적이 없었던 여우는 숲에서 우연히 사자를 마주치고 죽음의 공포를 느끼며 얼어붙었다. 다시 사자를 만났을 때 여우는 여전히 놀라기는 했지만 처음보다는 나아졌다. 세 번째로 만났을 때는 담력이 커진 것인지 사자와 편하게 안부까지 나눴다.《이솝 우화》에 나오는 〈사자와 여우〉 이야기다. 어떤 대상이든 계속 보게 되면 그 사이를 가로막던 경계가 조금씩 누그러진다는 교훈을 담고 있다.

심리학에서는 처음에는 비호감이었지만 자주 보게 되면서 차츰 호감으로 변하는 현상을 '에펠탑 효과'라고 한다. 19세기 말, 프랑스혁명 100주년을 기념하기 위해 320미터짜리 철탑 건립 계획이 발표되었을 때, 당시 파리의 예술가들과 시민들은 흉물이 생긴다며 비난했다. 그러나 기념탑이 완공되는 과정을 매일 지켜보던 시민들의 생각이 조금씩 바뀌기 시작했다. 자신도 모르는 사이 탑의 모습에 친숙해진 것이다. 이 탑이 바로 오늘날의 에펠탑이다. 에펠탑은 시간이 흐르면서 명실상부 파리를 대표하는 명소로 자리 잡았다.

사람의 첫인상도 같은 맥락이다. 첫인상은 겉으로 보이는 상대의 모습을 주관적으로 해석한 것이다. 물론 어느 정도 맞는 부분도 있겠지만, 막상 그 사람과 친해지고 나면 생각했던 것과는 다른 경우가 많다. 그 사람이 어떤 사람인지는 시간을 두고 만나봐야 알 수 있다. 서로가 조금씩 친밀해진다는 것은 편견이라는 허물을 벗겨가는 과정인 셈이다.

칭찬

우리는 평가에 익숙하다. 학생 때는 정기적으로 시험을 치르고, 사회생활을 하면서는 실적이나 근무 태도로 매년 평가받는다. 영화나 드라마 제목을 검색하면서도 가장 먼저 평점을 확인하고, 하다못해 온라인 쇼핑몰에서 티셔츠 하나를 사도 그 만족도를 여러 문항으로 점수를 매기게 되어 있다. 언제부터인가 냉철하게 평가를 내리고 점수를 매기는 것에 익숙해지다 보니, 점점 격의 없이 칭찬하고 서로 격려하는 일에는 인색해지는 것 같다.

그러나 칭찬에는 힘이 있다.

19세기 런던, 작가를 꿈꾸는 소년이 있었다. 소년을 둘러싼 환경은 몹시 열악했다. 불어난 빚을 감당하지 못한 아버지는 감옥에 갔고, 혼자 남겨진 소년은 지독한 가난에 시달렸다. 구두약 공장에서 일했지만 굶주림에 시달리는 날이 부지기수였다. 쉴 수 있는 유일한 공간은 빈민가에서 온 두 소년과 함께 지내는 비좁은 다락방이 전부였다. 그래도 소년은 포기하지 않고 작가의 꿈을 키워나갔다.

수차례 출판사로부터 원고를 거절당하던 어느 날, 한 출판사의 편집장이 그의 원고를 칭찬했다. 소년은 크게 감동했다. 그리고 이때 받은 칭찬이 그의 인생을 바꿨다. 재능에 대한 확신이 없어서, 누군가 자신의 꿈을 비웃을까, 한밤중에 몰래 다락방을 빠져나와 출판사에 원고를 보냈던 수줍은 소년이 이름만 들어도 누구나 고개를 끄덕이는 영국의 대표 작가가 된 것이다. 그는 바로《위대한 유산》,《크리스마스 캐럴》을 쓴 영국의 대표 작가 찰스 디킨스Charles Dickens 다.

세상에는 자기 확신만큼이나 다른 사람의 인정이 중요한 때도 있다. 비록 약효가 없는 약일지라도 효과가 있다고 믿으면 정말로 약효가 나타나는 현상을 '플라세보 효과'라고 하는데, 칭찬도 그런 약 중에 하나인 셈이다.

파도가 몰아칠 때

판단력

1983년 9월 26일, 냉전 시대의 긴장이 극에 달했을 무렵의 일이다. 소련의 스타니슬라프 페트로프Stanislav Petrov 중령이 근무하고 있던 관제소에서 비상경보가 울렸다. 미국이 대륙간탄도미사일 5기를 발사했다는 긴급한 내용이었다. 자칫 핵전쟁으로 번져 전 인류가 위기에 처할 수도 있는 일이었기에 페트로프 중령은 고민에 빠졌다. 근심하던 그의 눈에 의문점이 들어온다. 선제타격을 확실히 하지 않으면 반격을 받게 될 상황에서 레이더에 잡힌 미국의 미사일은 5기밖에 되지 않은 것이다. 직관적으로 '뭔가 이상하다'고 판단한 그는 이를 '조기경보시스템 오류'로 상부에 보고했다.

다행히 아무 일도 일어나지 않았다. 나중에야 햇빛에 반사된 인공위성이 시스템 오류로 인해 핵무기로 인식되었다는 사실이 밝혀졌다. 한 사람의 신중한 대처가 인류 전체를 구한 것이다.

살다 보면 예기치 못한 위험에 봉착한다. 접촉 사고, 응급 상황 등 고심할 겨를도 없이 이제껏 살아온 경험을 바탕으로 직관적으로 판단을 내려야 하는 경우가 있다. 예컨대 의식을 잃은 사람이 다시 회복할 수 있는 골든타임이 대략 5분이라면, 그 시간 내에 심폐소생술이 이뤄지거나 구급대가 도착할 수 있도록 최선의 선택을 해야 한다.

삶에 닥쳐오는 위기를 시시때때로 헤쳐나가기 위해서는 상황을 정확히 바라볼 침착함과 자신에 대한 믿음을 기반으로 한 판단력이 필요하다. 순간의 결정에 누군가의 생사가 달려 있을 때도 있으니까.

시시때때로 밀려오는 파도 속에서
자신의 중심을 잃지 않기 위해 필요한 것은
무엇보다 나 자신에 대한 '믿음'이다.

ㅎ

하루를 되돌아볼 때

하루

얼마 전 지인의 부고 문자를 받았다. 이런 메시지를 받고 나니 사는 게 다 덧없다는 인생무상이라는 단어가 떠올랐다. 장례식장에 도착하니 옆 테이블에서 오는 데는 순서가 있지만 가는 데는 순서가 없다고 말하는 이의 절절한 목소리가 귀에 와닿는다. 별다를 것 없는 평온한 일상을 보내다가도 불현듯 죽음과 스치는 순간이면 여러 감정이 요동친다. 세상에는 불의의 사고나 천재지변 같은 수많은 변수가 있다. 무심결에 맞이하는 아침이 결코 당연하지만은 않다는 생각이 든다. 그런 의미에서 본다면 어둠 속에서 떠오르는 아침 해를 보는 일은 또 다른 하루를 선물받는 것이나 다름없다.

함께

'함께'라는 말을 설명하기 위해서는
'함께'라는 것이 무엇인지 먼저 생각해야 했다.

'우리는 함께 즐거운 시간을 보냈다.'
'우리는 함께했다.'
'우리는 함께할 것이다.'

이 문장 속에서 함께의 의미는
단순히 거리의 문제를 이야기하는 것만은 아니다.
이 문장 속에서 우리는 함께라는 말의
'거리'가 아닌 '마음'을 본다.
그다음에 다시 함께라는 단어를 읽으면…

너무도 드넓고 광활하기만 한
이 세상에서 그래도 혼자가 아닌
함께라는 것에 더 따뜻해진다.

행
복

행복하게 산다는 것은 무엇일까? 이 문제를 고민하지 않고 살아가는 사람이 있을까? 비관론자에 가까웠던 쇼펜하우어가 행복을 주제로 책을 쓴 것을 보면, 행복에 관한 질문은 어쩌면 인간의 존재에 대한 질문인지도 모른다. 쇼펜하우어는 행복하게 산다는 것을 '가능한 고통스럽지 않게 근근이 버티면서 사는 것'이라고 정의했다. 행복의 정도를 측정할 때 기쁨보다는 괴로움이 척도가 되어야 한다는 것이다. 아마도 쇼펜하우어는 괴로움이 적을수록 행복의 크기가 커진다고 본 듯하다.

쇼펜하우어는 17세가 되던 해 아버지를 잃었다. 우발적인 사고일 수도 있었던 그 죽음을 두고 사람들은 자살이라고 숙덕거렸다. 그의 아버지가 심한 우울증 환자였기 때문이다. 쇼펜하우어도 어릴 적부터 아버지와 유사한 증상을 보였다. 그 때문에 그는 자신이 아버지에게서 우울한 성향을 유산으로 물려받았다는 사실을 종종 이야기하고는 했다. 어머니와는 의절해 죽을 때까지 만나지 않았고 죽음에 대한 공포와 망상이 커져 나중에는 기이한 행동도 서슴지 않았다. 그렇게 일평생을 그늘 속에서 보냈던 쇼펜하우어가 말하는 행복이기에 그의 말에 담긴 단어 하나하나가 더욱 인상 깊다.

요즘에는 많은 사람들이 행복해져야 한다는 강박에 사로잡혀 있는 것 같다. 일명 '행복 강박'이다. 나 또한 우울한 와중에도 행복이 인생의 목표라도 된 것처럼 행동했다. '그래도 힘을 내야지', '행복해져야 해' 하고 사람들이 주저앉아 있는 나를 억지로 일으켜 세울 때마다 스스로 자기최면을 걸었다. 그래, 더 힘든 사람도 있는데… 나 정도면 괜찮은 거야, 가진 것에 감사해야지. 동시에 결국에는 행복해지지 못한, 행복하지 못할, 내 나약함과 타고난 성향을 비난하며 점점 더 깊은 우울의 늪으로 빠지기도 했다.

괴롭고 고통스러운 현실에서 행복을 이야기하는 것은 그야말로 모순이었다. 도리어 행복에서 벗어나고 나니 마음이 편해지기 시작했고, 과거의 고통은 시간이 흐르면서 무뎌지고 줄어들었다. 지금은 지난날과 비교했을 때 조금은 행복해졌다고 느낀다.

어떻게 보면 행복의 의미는 사람마다 다르지 않을까? 저마다의 기준이나 가치 그리고 놓인 환경이 천차만별이기 때문이다. 행복은 형태가 다른 일종의 환상일지도 모른다. 어떤 이는 거대한 환상의 집을 매일 드나들며 행복감을 느끼지만, 어떤 이의 행복은 마치 신기루처럼 멀리서는 선연히 떠올랐다가도 다가서면 금세 사라져 야속하게만 느껴진다. 그 환상을 자신에게 어떻게 대입해 추구할지는 어디까지나 각자의 몫이다. 어떤 모습이든 될 수 있는 행복에 공통된 진리가 있다면 이것 하나다.

행복은 생각하기 나름이라는 것.

현실

언젠가 유행처럼 번진 말이 있었다. '카르페디엠carpe diem'. 언뜻 외국어로 된 주문이나 디저트 메뉴 이름 같은 이 말은 사람은 언젠가 죽으니 생이 다하기 전까지 현재를 즐기라는 뜻을 담고 있다. 영화 〈죽은 시인의 사회〉에서 존 키팅 역의 로빈 윌리엄스Robin Williams가 미래를 위해 많은 것을 포기하고 틀에 갇힌 삶을 살아가는 학생들에게 틀을 깨고 밖으로 나와 현재를 바라보라는 의도에서 한 대사로 유명하다.

이 대사를 듣고 어떤 사람들은 이런 질문을 떠올렸을 것이다. 일평생을 온전히 현재 자신의 즐거움을 위해 사는 사람이 몇이나 된다고? 이미 지나가버린 과거에 얽매이거나, 어떻게 될지 모르는 미래에 사로잡힌 채 하루를 보내는 경우가 부지기수 아니던가.

현실은 외적 현실과 내적 현실로 나뉜다. 학창 시절에는 대부분 대입이나 취업의 문턱을 넘어 사회 구성원이 되기 위해 외적 현실을 살아간다. 사회가 정해놓은 단단한 틀에 기대어 살아가면서도 한편으로 끊임없는 불안과 우울을 느낀다면, 그것은 외적 현실이 완벽하지 않다는 사실을 깨달았기 때문인지도 모른다. '카르페디엠'은 그 사실을 일깨워주는 일종의 주술이다. 틀을 깨고 밖으로 나왔기에 영화 속 아이들은 자신의 내적 현실을 마주할 수 있었다.

결국 사회적 분위기가 반영된 외적 현실과 내 내적 현실이 균형 있게 조화를 이뤄야 불안했던 마음도 잔잔해지고 삶도 비로소 모순에서 벗어나는 것이다.

호흡을 맞추다

저마다 자기 몫의 역할이 있다. 혼자서 모든 것을 도맡아
하려 하면 어느 순간 한계에 부닥치기 마련이다. 그런 순
간에는 성격이나 친분보다는 서로의 능력을 잘 끌어낼
수 있는, 일명 '케미가 잘 맞는 사람'을 만나야 한다. 스티
브 잡스Steve Jobs는 스티브 워즈니악Steve Wozniak과 차고에
서 동업을 시작해 애플Apple을 공동 창업했고, 미국의 대
표적인 문호 어니스트 헤밍웨이Ernest Hemingway와 F. 스콧
피츠제럴드F. Scott Fitzgerald에게는 전설적인 편집자 맥스웰
퍼킨스Maxwell Perkins가 있었다. 스포츠도 마찬가지다. 제
아무리 감독의 전술이나 개개인의 실력이 좋아도 선수들
간의 손발이 잘 맞지 않으면 좋은 성적을 낼 수 없다.

살면서 여러 사람을 만나다 보면 대화의 호흡이 맞는 사람, 일의 호흡이 맞는 사람, 취미 생활의 호흡이 맞는 사람이 따로 있기 마련이다. 대화가 잘 이어지지 않거나 일이 잘 풀리지 않을 때는 상대와 나의 호흡을 돌아보는 것이 어떨까?

혼자

인생에서 가장 가까워야 할 사람은 다름 아닌 자기 자신이다. 그 사실을 우리는 종종 잊는지도 모르겠다. 인생이라는 긴 터널을 걷다 보면 그 안에서 수많은 인연들이 어슴푸레한 빛을 남기며 스쳐 지나간다. 잠시나마 빛을 비춰줄 수는 있어도 밖을 향해 걸어 나가는 것은 결국 자신의 의지다. 혼자서는 살아갈 수 없는 것이 사람이라지만, 또 누구에게나 찾아오는 것이 혼자인 시간이기 때문이다.

그런 순간을 의미하는 '혼자'라는 단어는 고적하고 쓸쓸한 것만은 아니다. 오히려 누군가의 영향도 받지 않고 홀로 있기에 온전한 나를 가까이서 마주할 수 있게 해준다. 나아가 혼자인 시간을 통해 걱정이나 근심 같은 케케묵은 감정들을 정리하거나 반복되는 일상에서 벗어나 새로운 환경을 찾고 삶의 전환점을 맞기도 한다. 실제로 인간의 삶에서 의미 있는 수많은 발견은 혼자인 시간에서 비롯되었다고 한다.

때로 고독하고 쓸쓸한 혼자만의 시간이 찾아오더라도 두려워하거나 피하지 말고 나 자신과 대화를 나누는 기회로 삼아보자. 어쩌면 나에게 할 말이 가장 많은 사람이 나일지도 모르니까.

가장 나쁜 외로움은
자기 자신이 편하지 않다고 느껴지는
것에서 오는 외로움이다.

마크 트웨인

후회

어떤 책에서 이런 이야기를 본 적이 있다. 삶이 얼마 남지 않은 사람들에게 가장 후회되는 것이 무엇인지 물으면 많은 이들이 '나중으로 미룬 것'이라는 답을 한다고. 사람마다 미뤄왔던 일은 모두 다를 것이다. 다만 '이건 나중에 시간 날 때', '당장 급한 건 이게 아니잖아'라며 미룬 것이 사실은 인생에서 정말 중요한 것이었고, 그 대신 선택한 일들이 그다지 중요하지 않은 것들이었음을 깨달은 것이다. 그 때문에 인생의 많은 것들을 놓치며 살아왔노라고 말이다.

시간은 누구에게나 한정되어 있다. 그래서 우리는 선택하기에 앞서 저울을 꺼내 기회비용을 따진 다음 후회의 무게가 더 적은 쪽을 택한다. 하지만 효율에만 얽매이다 보면 시작하기도 전에 후회하지 않아야 한다는 강박에 휩싸인다. 그러다 종종 엉뚱한 선택을 하기도 한다.

정말 해보고 싶은 것이 있는데 성공할 확률보다 실패할 확률이 더 높다면 어떻게 해야 할까? 이것은 지금보다 더 어린 시절의 내가 지금의 나에게 묻고 싶은 질문이었다. 그때 고심 끝에 내린 답은 '해보고 후회하자'였다. 해보고 싶은 일을 하면서 사는 것과 해보고 싶은 일을 하지 않으면서 사는 것 모두 시간은 공평하게 흘러간다. 그렇다면, 이왕이면 뭐든 해보는 쪽을 선택하는 것이 낫지 않을까?

나중에 더 크게 후회가 되는 것은 '한 것'보다는 '하지 않은 것'이라는 말을 떠올리며, 수많은 작은 후회들을 즐길 준비를 하면서 말이다.

인생에서 가장 슬픈 세 가지는?

1. 할 수 있었는데… .
2. 해야 했는데!
3. 해야만 했는데!

루이스 E. 분 Louis E. Boone 의 말 중에서

•

언어의 한계는 곧 내 세계의 한계

우리는 유아기에 말을 익힌 다음 자라면서 사고思考하는 법을 배운다. 자신의 관념을 드러내고 타인과 교류해야만 사회의 일원으로 살아갈 수 있어서다. '언어'는 소통의 통로이자 내가 습득한 경험적 지식을 여러 방식으로 전할 수 있는 수단이기도 하다. 그야말로 '인류의 근간'이라 해도 과언이 아니다. 어떻게 보면 지금 세상이 이룩한 문명도 이런 과정이 만들어낸 산물이나 다름없다.

그렇다면 '언어'가 먼저일까, '사고'가 먼저일까? 궁금증을 해소하기 위해 찾아봤지만, 학계에서도 의견이 분분한지라 정확히 알 수는 없었다. 다만 그중에서 철학자 마르틴 하이데거Martin Heidegger의 '언어는 존재의 집'이라는 말이 가장 인상 깊었다. 소통 중심의 사회적 기능을 넘어 언어가 인간을 사유思惟한다는 것이다.

오늘도 수많은 생각이 내 의식 속으로 밀물처럼 밀려온다. 음악을 감상할 때도, 운전할 때도, 길을 걸을 때도, 심지어 침대에 누워 잠을 청할 때까지 멈추지 않는다. 유독 혼자 있는 시간대에 그 바닷물의 수위가 높다. 그곳에서 상념에 흠뻑 젖어 있다 보면 기억의 파편이 형상화되어 나타나기도 하고 이전에 지각知覺했던 것들이 주관적으로 재구성되어 떠오르기도 한다. 이때 나는 늘 그랬던 것처럼 독백하듯이 마음속으로 생각을 읽는다. 그 안에 담긴 언어는 말의 최소 단위인 '단어'로 이루어져 있다. 내면을 이해하기 위해 노력하는 일은 마음의 기원이라 볼 수 있는 단어를 하나하나 해석하는 일과 같다.

물론 같은 단어라 해도 다가오는 의미나 감정은 보는 사람에 따라 제각기 다르다. 사전적 정의와 달리 좋게만 느껴지는 말이 누군가에는 아플 수 있고 아프게만 느껴지는 말이 또 누군가에는 좋을 수도 있다. 나 역시 '성공'과 '실패'라는 이분법 안에 오랫동안 갇혀 있었고 '행복'은 인생에서 추구해야 하는 궁극적인 목표라 믿었다. 그러다 문득 이 추상적인 단어들에 그렇게 많은 것을 걸어야 하는지 의문이 들기 시작한 후로는 단어들이 전과는 전혀 다른 의미로 다가왔다. 철학자 루드비히 비트겐슈타인Ludwig Wittgenstein은 '언어의 한계는 곧 내 세계의 한계'라 말했다.

그러므로 내가 만든 틀 안에서 벗어나기 위해서는
결국 언어의 한계를 깨부숴야 한다.

내 마음을 몰랐던 나를 위한 마음 사전

그때의 나에게 해주고 싶은 이야기

제1판 1쇄 발행 | 2020년 12월 28일
제1판 16쇄 발행 | 2022년 10월 31일

지은이 | 투에고
펴낸이 | 오형규
펴낸곳 | 한국경제신문 한경BP
책임편집 | 최경민
저작권 | 백상아
홍보 | 이여진 · 박도현 · 하승예
마케팅 | 김규형 · 정우연
디자인 | 지소영
본문디자인 | 디자인 현

주소 | 서울특별시 중구 청파로 463
기획출판팀 | 02-3604-590, 584
영업마케팅팀 | 02-3604-595, 562   FAX | 02-3604-599
H | http://bp.hankyung.com   E | bp@hankyung.com
F | www.facebook.com/hankyungbp
등록 | 제 2-315(1967. 5. 15)

ISBN 978-89-475-4684-3   03810

✳

"마음이 울적한 날,
왜 우울한지 내 마음을 나조차 모르겠을 때,
그런 날들을 떠올리며 썼어요."

살다 보면 이유 없이 우울해지거나 마음이 지칠 때가 있다.
그럴 때 필요한 것은 나의 마음을 정확히 표현해주는
하나의 문장 혹은 단어이다.
'단어'라는 매개체를 통해 나의 마음과 만나고,
내가 나의 마음에 공감하고 위로해주는 주체가 되어보면 어떨까.